ことのは文庫

おまわりさんと招き猫

おもちとおこげと丸い月

植原 翠

MICRO MAGAZINE

CONTENTS

おまわりさんと招き猫

おもちとおこげと丸い月

ひだまりと綿毛

　春風が運んできた潮の匂い、古き良き下町商店街、そこで暮らす人々の笑い声。交番の前では、アスファルトの隙間から伸びたたんぽぽが揺れている。どこか昔懐かしいこの町は、港で獲れた新鮮な魚が名物で、それから揚げ物がおいしいお惣菜屋さんがあって。

　僕は、この町が好きだ。

　土曜日の朝から元気に遊んでいる子供たちが、僕の前を通り過ぎていく。

「おまわりさん、おはようございまーす！」

「はーい、おはよう」

　それなりに馴染(なじ)んできた青い制服に身を包み、交番の前で彼らを見送る。今日もこの町、かつぶし町の一日が始まる。

　足元では、まるまると太った猫が、前足を揃(そろ)えて座っている。僕はその猫に、なんとはなしに声をかけた。

「いい天気ですね、おもちさん」

真ん丸の白い体に、薄い茶色の模様。まるで焼き目のついたお餅のようなフォルムのその猫は、おもちさん――見た目のまんまの名前がついている。町の人々から愛されている、所謂（いわゆる）、地域猫だ。

おもちさんは目を閉じて、短い足で首を掻いた。ぽってりしたひげ袋が、のんびりと持ち上がる。

「むにゃ。暖かくて、眠たくなるですにゃあ」

こちらまで眠くなるような間延びした声は、麗（うら）らかな春の日差しによく似合う。おもちさんが目を開けた。その金色の瞳が、僕に向く。

「こんなぽかぽかした日は、おやつを食べてのんびりお昼寝するに限るですにゃ。小槙（こまき）くん、吾輩（わがはい）、鰹節（かつおぶし）クッキー食べたいですにゃ。それとおさかなジャーキーと、干しかにかまも」

まったりした声で甘えてくるおもちさんを、僕は苦笑いで、そしてぴしゃりとはねつけた。

「どれか、ひとつにしてください。ただでさえ最近、一層重たくなったんだから」

「にゃんと。こんなにぷりちーな吾輩がおねだりしているというのに」

この猫、おもちさんは、なぜか人の言葉を喋（しゃべ）る。

おもちさんは「そういう猫」だ。そういうものなら仕方ない。喋るからといって誰も困らないのだから、猫が喋ったっていいのだ。

僕こと、小槇悠介は、この町の交番に勤務する警察官である。おもちさんのいるかつぶし交番に来て、丸一年が経った。まだまだ経験不足だけれど、手の届く範囲で、町の平和を守っている。

ふと、肩に白い綿毛がついているのに気づく。春風が運んできた、たんぽぽの種だ。僕はそれを潰さないようにそっと摘んで、風の中で手離した。開いた綿毛が風を孕んで、抜けるような青空へと舞い上がっていく。陽の光が眩しい。おもちさんにも言ったが、今日はいい天気だ。

おもちさんが耳を下げて、むにゃむにゃと文句を言う。

「困ったですにゃ。吾輩はどのおやつも諦めたくないですにゃ」

「意地悪してるんじゃないんですよ。おもちさんの意のままにおやつを開けてると、太りすぎて病気になってしまいます。だから僕が調整してるんです」

これは警察の仕事ではないなあ、と思いつつも、もはや業務の一環のような気がしている。おもちさんは短い尻尾をひと振りした。

「知ってるですにゃ」

「三種類を、少しずつでどうでしょうか？」

「む。全部を全部味わうのがおやつへの礼儀ですにゃ」

終わりの見えない交渉をしているところへ、パタパタと足音が近づいてきた。

「あっ、交番見っけ！　ラッキー！」

声の方に、僕とおもちさんは同時に振り向いた。若い女の人が、こちらに向かって走ってくる。

「おまわりさーん！　小さい箱の落とし物、届いとりませんかー!?」

歳の頃は僕と同じくらいだろうか。二十代前半か、中頃と見える。動きに合わせて、明るい茶髪のポニーテールが左右に揺れる。その人は、少し方言混じりの、訛った話し方をしていた。

交番の前まで走ってきた彼女に、僕は目をぱちくりさせた。

「箱？　ですか？」

「そうなんです。鞄に入れてたはずなんだけど、今朝から見あたらないんです。昨日、仕事から帰る途中で落としたのかも」

若い女性は親指と人差し指を曲げて、僕の前に掲げる。

「大きさはこれくらい。桐の木箱で、蓋の真ん中に孔が開いてます」

指の間の大きさは、概ね五センチ程度。僕は今朝、先輩の柴崎さんから引き継いだ、前日までの届出を思い浮かべた。遺失物の届けがあったとは聞いていない。柴崎さんが帰ってからは僕がひとりだったが、新しく受け付けてもいない。

「心当たりがありませんが、もしかしたら警察署の方には届いてるかも」

　僕は背後の建物を振り返った。三角屋根の、二階建ての古い建物。ガラスの引き戸の上には、金色の旭日章（きょくじつしょう）が煌（きら）めく。僕のこの町での拠点（きょてん）、かつぶし交番である。

　建付けの悪い引き戸を開けて、女性を中へといざなう。カウンターで遺失届（いしつとどけ）を書いてもらう。僕は彼女の筆跡を正面から眺めていた。記名欄に書かれた彼女の名前は、日生（ひなせ）あかり。なんだか明るい字の並びである。

「木箱の落とし物なんて、珍しいですね。大切なものなんですか？」

「はい。小さい頃から大事にしてる、お守りのようなものなんです」

　女性がペンを走らせる。

「財布とか携帯とか、そういう落とし物に比べたら、なんてことないものですけん。だから、まあ、そんな困っとるわけじゃないです」

　独特のイントネーションは、この辺りの訛りではない。書き出されていく箱の特徴を眺め、僕は言った。

「でも、大切なものなんですよね。実用的なものじゃなくても、大切なのは変わりないんですから、不安ですよね」

　この人にとってその箱がどんなものなのか、僕には分からないけれど、こんなに真剣に捜しているのだ。想いのこもったものは、なくしてしまったら、自分の一部をなくしてしまうような気持ちになる。それは、想像できる。

日生さんは少し驚いた顔で僕を見上げて、にこりと笑った。

「やっぱ私、運がいいな。こういう届出を雑に扱わないで、ちゃんと聞いてくれるおまわりさんに会えた。本当、幸運だなあ」

僕の背後では、一緒に交番に入ってきたおもちさんが、事務椅子の上で欠伸(あくび)をしている。お腹の下に足を引っ込めて丸くなっていると、一層、餅に似ている。

日生さんが届けを書きながら、おもちさんに目をやる。

「この交番、猫、飼ってるんですか？」

「地域猫が交番を寝床にしてる、という感じでしょうか。なぜか居着いてるんです」

実を言うと僕も、おもちさんがなぜ交番にいるのかはよく分からない。追い出す理由もないので放っておいているだけである。日生さんが目を細める。

「まん丸くて、かわいい猫ちゃんですね」

日生さんが書面に目を戻す。

「私、この春にここに引っ越してきたばかりで、町のどこになにがあるか、なんも分からなくて。交番の場所も知らなくて、たまたま見つけたんです」

この辺りの方言ではないと思ったら、やはり日生さんは、遠くから来たばかりの人だった。町では有名なおもちさんを知らないのも、この事情なら納得である。

日生さんの手のペンが、遺失届に箱の特徴を書き込んでいく。縦横約五センチ、厚みは二センチ程度。蓋には孔。蓋が開かないように麻紐で括ってあり、その紐には青い花柄のとんぼ玉が下がっているという。

僕は背後を振り返り、椅子でうとうとしているおもちさんに声をかけた。

「おもちさん、今朝、散歩してましたよね。木箱の落とし物、見ませんでした？」

「あは、おまわりさん、猫に話しかけてる！　かわいい」

日生さんが笑う。と、おもちさんはこちらに顔を向け、耳をぴくんと動かした。

「うんにゃ。見てないですにゃ」

「それじゃあ、見かけたら教えてください。とんぼ玉……丸いきらきらしたガラスの玉が目印です」

「ふむ。近所の野良猫とか、鳥さんたちにも訊いてみるですにゃ」

「ご協力ありがとうございます」

僕らが平然と話すのを見て、それまで笑っていた日生さんが絶句した。ペンを止めて固まったあと、丸く見開いた目で、僕とおもちさんを見比べる。

「え⁉　今、猫が喋った⁉」

「あ、そっか。日生さんはこの町に来たばかりだから知らないですよね」

僕にとっては、おもちさんが喋るのなんてすっかり日常に定着していたが、初対面の日生さんからしたら驚くのも無理もない。

「ええと、この猫はそういう猫なんです」

「そういうって、どういう？　どうして喋るの？」

日生さんが目を白黒させている。僕は答えようとして、言葉を詰まらせ、おもちさんに訊く。

「そういえば、どうして喋るんですか？」

「吾輩が喋るのは、喋る猫だからですにゃ。理由とかないですにゃ」

「特に理由はないそうです」

おもちさんの回答を受けて、僕は改めて日生さんに伝えた。日生さんはやはりぽかんとしている。

おもちさんがなぜ喋るのかは、多分、誰も知らない。どうしてこの町にいるのか、いつからいるのかも、誰もなにも知らない。ただ、ずっと昔からここにいるから、町の人たちはもう慣れっこで、今更誰も騒ぎ立てたりしないだけ。

かくいう僕も、かつぶし交番勤務になってすぐの頃は驚いたものの、一週間もすると気にならなくなった。

日生さんはまだ呆然としていたが、やがてぱあっと目を輝かせた。

「すごーい！　お喋りできるなんて、珍しい猫ちゃんですね。ふわふわもちもちでかわいいし、いい子やね」

褒められたおもちさんは、耳をぴこんと正面に向けた。短い足で立ち上がり、椅子を降りて、カウンターに飛び乗る。

「おねえさん、なかなか分かってるですにゃ。どれ、ナデナデさせてあげてもよいですにゃ」

おもちさんが日生さんに向かって頭を突き出す。日生さんは嬉しそうに、おもちさんの丸い頭に手のひらを置いた。

「やったー！　ああ、ふっかふかで柔らかい……！」

日生さんは遺失届そっちのけでおもちさんを撫で回す。優しく撫でてもらって気持ちよかったのだろう、おもちさんは喉をゴロゴロと鳴らしてカウンターの上で寝そべり、お腹を出して日生さんに甘えている。

僕は遺失届に書かれた日生さんの名前に、目を落とした。大事なお守りをなくしたのに、自分は運がいいとポジティブに捉えたり、喋る猫をこうしてすんなり受け入れたり。名前のとおり、陽だまりのような人だ。

書き上がった遺失届を受け取り、僕はデスクのパソコンに向かった。署のデータベースを見て、届けられている拾得物を確認する。日生さんの箱は、今のところ届けられていない。

日生さんが頭を下げる。

「昨日通った道を、もう一度見直してきます」

「お気をつけて。こちらも、見つかったら連絡しますね」

交番の引き戸を開けて、日生さんを見送る。おもちさんが、カウンターの上でエジプト座りになる。

「大丈夫。箱、見つかるですにゃ」

日生さんがおもちさんを振り返る。予言じみたことを言うおもちさんを横目に、僕も言った。

「そういえば、おもちさんは撫でると願いが叶うとか、おやつをあげると開運だとか、いろんな言い伝えがあるみたいです。あくまで噂（うわさ）ですけど」

おもちさんをたっぷり撫でた日生さんは、きっとなにか、ご利益を受ける。なんの根拠もないけれど、なんとなく、そんな気がする。

日生さんは僕とおもちさんそれぞれを眺めてから、ふわりと微笑（ほほえ）んだ。

「そうなんだ。じゃ、絶対見つかりますね」

日生さんを見送ってから、僕は遺失届の処理を終わらせた。書類仕事を片付けて、外へ出かける。少し遠くまで出るので、自転車を使う。日課のパトロールだ。

自転車のカゴに警棒を入れていると、そこへぴょこんと、おもちさんが割り込んできた。

「吾輩もついてくですにゃ」

おもちさんはそのときの気分次第で、こうして僕の仕事に同行してくる。自転車のカゴの網目からおもちさんの毛がはみ出して、溶けた餅が溢れ出しているみたいに見えた。

かつぶし町は、海に面した港町である。交番からすぐのアーケードの商店街にも、海産物の店が多く、今日も新鮮な魚が出回っている。

近くのお惣菜の店から、揚げ物の香ばしい匂いが漂う。土曜日の今日は、商店街がいつもより賑わっていた。僕は自転車を降りて、引いて歩いた。商店の売り子の明るい声が飛び交い、買い物客のざわめきが広がる。狭い路地へと、野良猫が歩いていく。

と、背中をトンッと叩かれた。

「どーん！　小槙さん、こんにちは！」

「わあっ、びっくりした」

振り向くと、茶髪にパーカー姿の、人懐っこい笑顔の少年がいる。彼は僕を見上げてご機嫌で言った。

「背後不注意！　小槙さん、おまわりさんなのに警戒心が足りない」

「ははは。春川くん、今日も元気だね」

彼の指摘になにも言い返せず、僕は苦笑を返した。

近所のお惣菜屋さんの息子、高校生の春川俊太くんである。春川くんは、やや不安げな顔になった。

「そんなにぽやぽやしてて、もし後ろから来たのが俺じゃなくて悪い奴だったらどうするの？」

「いやあ、この町、平和だからつい緊張感が抜けて……いけないいけない」

頬を叩いて、気を引き締める。僕は警察官になってからの経験が乏しくて、まだまだ頼りない自覚がある。しかも素の性格がのんびり屋の上に、この町の穏やかな空気に呑まれてしまうから、こんなふうに春川くんにからかわれる。

春川くんは、自転車のカゴの中におもちさんを見つけた。

「お！　おもちさんだ。頭、撫でてもいい？」

「どうぞですにゃ。吾輩、今ご機嫌だから」

おもちさんが丸い頭を覗かせる。日生さんにたっぷりかわいがってもらったおもちさんは、いつもより機嫌がいい。春川くんはわーいと声を上げ、おもちさんの狭い額から耳の間を、指でふかふかと撫でた。

「次のテスト、赤点回避できますように！」

願いが叶うとか、開運だとか、なにかと縁起のいい猫とされるおもちさんは、時として、こんなふうに願掛(がんか)けされる。言葉を話す猫なんて珍しいから、特別扱いされているうちにそんな噂が生まれたのだと思う。僕はそれを横で眺め、呟いた。

「赤点回避……は、春川くんのテスト勉強次第だと思うんだけど……」

「赤点取ったら、次のテストまで部活禁止にされちゃうんだよ。頼れるものは全部頼っておきたい。お願いね、おもちさん！」

軽音部のギター兼ボーカルの春川くんは、部活に青春を注いでいる。おもちさんは任せろとも勉強しろとも言わず、ただ気持ちよさそうに撫でられている。

おもちさん自身に、本当に不思議な力があるのかは分からない。でも、かわいがる人たちを幸せな気持ちにさせているのは間違いない。

町に福を招いている……そんな感じがするから、僕はおもちさんを「招(まね)き猫」と呼んでいる。

春川くんが、おもちさんから手を離し、僕を見上げた。

「ねえねえ小槇さん、うちのお惣菜、フードデリバリー使ってみない？　交番にお届けするよ」

「『お惣菜のはるかわ』の？　交番から歩いて五分だし、食べたいときは僕からお店に行くよ」

「俺が届けると、母ちゃんがお小遣いくれるんだよ！」

春川くんの正直な答えに、僕も素直に納得した。春川くんは少し小声になって続ける。

「うちのフライ好きでしょ。そうだ、小槙さんって寮に住んでるんだよね。寮に持っていってあげよっか。ついでにゲームも持ってくから遊……」

そこへ、僕らのまん前のお惣菜屋さんから、怒号が飛んできた。

「俊太！　あんたはまたそうやって、小槙くんの仕事の邪魔して！」

「お惣菜のはるかわ」のおかみさん、つまり春川くんのお母さんである。

「ごめんね、小槙くん。この子ったらフレンドリーすぎちゃって、誰に似たんだか。そうだ、お店で新しくデザートの販売をはじめるんだけど、小槙くんはどんなのがいいと思う？」

おかみさんがカウンターに肘を乗せて、僕に問いかけてくる。春川くんがフレンドリーなのは、多分、お母さん似だ。とはいえ、この町の人は大体、こんな感じである。住民同士の仲が良い。僕も、そんな仲間に入れてもらっている。

「そうだなあ、プリンはどうですか？」

「吾輩は鰹節クッキーがいいですにゃ」

僕に続いておもちさんまで回答している。

今度は僕が、春川くんとおかみさんに訊ねた。

「おふたりとも、木箱の落とし物を見ませんでしたか？　手のひらに乗るくらいの、小さい箱。紐で縛られてて、とんぼ玉がついてる」

　春川くんとおかみさんが、顔を見合わせる。

「見てないよ。ね、母ちゃん」

「そうねえ。誰か、落として困ってるの？」

「はい。大事なものなんだそうで」

　僕が言うと、春川くんはそっか、と呟いて手を叩いた。

「分かった。今から捜しにいこう」

　そんな彼を、おかみさんが呆れ顔で制する。

「あんた、そんな暇ないでしょ。テスト勉強しなさい。また酷い点とってきたら朝ごはんのウィンナー減らすからね」

「えー！　部活禁止だけでも焦ってるのに！」

　春川くんの大声が響く。ふたりのやりとりに僕はあははと笑って、自転車のハンドルを握り直した。

「それじゃあ、箱、もし見かけたら教えてね」

「うん！」

　春川くんたちと別れ、パトロールを再開する。

商店街を奥まで進むと山肌にたどり着き、そこに延びる石段の上には、かつぶし神社がある。狐の石像が並ぶ、所謂、稲荷神社だ。石段には林の木漏れ日が差し込んで、きらめく模様を描き出していた。この神社は自然が近くてそこそこ広さもあり、近所の子供たちの遊び場になっている。

　今日も、元気な後ろ姿が数人、ジャンケンしながら石段を上って競争していた。そのうちのひとりが、僕に気づいて手を振る。

「あっ、おまわりさんだー！　やっほー」

「こんにちは、真奈ちゃん」

　真奈ちゃんは、半年ほど前に知り合った女の子だ。彼女は以前、まさにこの神社で遊んでいて、行方不明になってしまった。その真奈ちゃんが中学に進学し、こうして無事に元気に過ごしている姿を見ると、なんだか安心する。

　僕は石段の下から、やや声を張って真奈ちゃんに訊いた。

「真奈ちゃん、どこかで木箱が落ちてるの見なかった？　とんぼ玉がついてるんだって」

「見てないよー」

　石段の上から返事が降ってくる。真奈ちゃんは先に進んでいる友達にも、僕に代わって訊いてくれた。

「ねえ、誰か木箱の落とし物、見たー？」

「見てなーい」

木々で隠れた石段の奥から、子供たちの元気な返事が聞こえる。真奈ちゃんがまた、叫ぶ。

「おあげちゃんもー？」

「知らないのー」

「うーん、誰も見てないみたいだよ」

真奈ちゃんが僕に向き直る。僕は頭の中で、真奈ちゃんが呼んだ聞き覚えのある名前を反芻した。そうか、〝あの子〟も一緒に遊んでいるのか。

「ありがとう。それじゃあ、またね。この前みたいに、遊びに夢中で迷子にならないようにね」

「はーい！」

真奈ちゃんは快活なお返事をして、再びお友達とジャンケンの掛け声を交わしはじめた。

神社の前から東に向かって折り返すと、住宅街に出る。古い小さな家が立ち並ぶ光景は、どこかノスタルジックで、いつ来てものんびりした時間が流れている。今日も特に異変はない。町の平和を確認するとともに、僕は日生さんの箱が落ちていないか、気にかけていた。地面に物が落ちている様子も、置き忘れらしきものもない。

ひとり暮らしのおばあさんが大荷物を運んでいるのを見かけて、家までお手伝いする。

荷物を下ろして戻ってくると、自転車のカゴの中からおもちさんがいなくなっていた。

気まぐれなおもちさんは、仕事についてきたかと思うとふらっと姿を消す。一般的な猫なら、事故の危険や、迷子になったり、どこかでいたずらしないかが心配になるものだが、言葉を喋るおもちさんはちょっと特殊だから、あまり気にならない。

ふわりと、春風が前髪を浮かせる。住宅地の隙間で草が揺れて、たんぽぽの綿毛が飛んでいく。穏やかな気候とのどかな景色、空を舞う花の種。この町は、今日も平和だ。

ふと、木造住宅の陰に、白い影が見えた。ふくよかな体格に短い足、ぽってりとした尻尾の猫である。その尻尾の先と背中と顔には、茶色い模様がある。のこのこ歩くその猫に、僕は声をかけた。

「あ。おもちさん、いた」

丸い頭が、こちらに顔を向ける。しかし返事はせず、建物の陰へと入っていってしまった。

「あれ？　おもちさーん、どこ行くんですか？」

去っていく後ろ姿を目で追いかける。よく見ると、茶色い模様の色が違う。おもちさんの模様より、ほんの少しだけ色が暗い。

建物の陰になっているせいかと思ったのだが、僕の呼びかけに返事をしないのだから、今のはおもちさんではなくて、そっくりな別の猫だったのだろう。あんなおもちさんそっくりな猫がいたとは、知らなかった。こうして町を巡回していても、まだまだ知らないことだらけである。

自転車に乗って、仕事を再開する。住宅地を抜けるとかつぶし川の土手に出た。河原では春の野鳥が草の実を拾い、笛の音のような声で鳴いている。川の上に延びた石橋の柵に、カラスがとまっている。僕と目が合うとカアとひと声挨拶をして、海の方面へと飛び立っていった。

自転車がキロキロと音を奏でる。川の下流に向かって土手を進んでいくと、潮の匂いが強くなってきて、やがて広大な海へと繋がる。防波堤の向こうの真っ青な景色が、僕の目を奪う。船着き場に整然と並んだ漁船の色が、揺らめく漣に反射していた。

浜の上を飛ぶカモメの、甲高い声が響いている。微かに聞こえる波の音とのハーモニーが心地よい。

交番に向かって進んでいると、横から声をかけられた。

「ちっちゃな箱は見つかったですにゃ?」

いつの間にか、防波堤の上をおもちさんが歩いている。僕は思わず、自転車を止めた。

「見当たらないです」

今度こそは本物のおもちさんのようだ。僕は自転車を降りて、おもちさんのペースに合わせて歩いた。

日生さんの箱を想像してみる。小さいながらも高級感のある桐の箱に、麻紐で吊るされたとんぼ玉。きっとかわいらしくて、きれいなものなのだろう。

「もしかしたら、誰かが拾って自分のものにしちゃったのかもしれないですね。きれいな箱だったら、欲しくなってしまった人がいるのかも」

「ふむ。盗んだ人がいると？」

「うん……きつい言い方をすると、そうですね」

かつぶし町は平和で温かな町だ。だけれど、間違えてしまう人だっている。だから僕ら、警察官がいるのだ。

「そうですにゃあ。なんなら、人じゃないかもしれないですにゃ」

おもちさんが歩けば、防波堤はキャットウォークになる。

「なにせ、吾輩のような猫がいる町ですからにゃあ」

どうやらおもちさんは、自分でも変わっている自覚はあるらしい。

おもちさんのような猫がいるように、この世には、僕の知らない不思議なものがいる。普段僕たちが気がつかないだけで、案外どこにでも紛（まぎ）れ込んでいるものなのかもしれない。特にこの町では、そんなふうに感じる。

おもちさんと話しながら進んでいると、僕らの頭上を、パササと鳥の羽音が通り過ぎた。黒い翼を広げたカラスが飛んでいく。僕たちよりも少し先へ向かったそれは、翼を畳み、防波堤に着地した。

そのくちばしの下で、陽の光がきらりと反射する。僕は、あっと声を上げた。

「日生さんの箱！」

カラスがくちばしで麻紐を咥えて、箱を吊り下げているのだ。麻紐の先では、とんぼ玉が輝いている。

僕が駆け寄ると、カラスは驚いたのか、箱を防波堤に残して飛び去った。置き去りの箱を拾い、僕は手の中で汚れを払った。箱の表面がちょっとだけ傷になって、細かい砂でくすんでいるが、潰れてはいない。とんぼ玉も無事だ。春の日射しを浴びたガラスの玉は、きらきらと光っている。

「カラスは気になるものを拾う習性がある。このとんぼ玉に惹かれたのかな」

僕の考えたとおり、拾った者が自分のものにしていて、おもちさんの言うとおり、人の仕業ではなかった。ちょっと、それぞれの想像と、ズレてはいるけれど。

のんびり歩いてきたおもちさんが、僕に追いついた。

「小槙くん、吾輩、お腹すいたですにゃ。交番まで抱っこ。帰ったらおやつ欲しいですにゃ」

おもちさんがこちらに首を伸ばしてくる。僕は苦笑して、おもちさんの肉付きのいい腰に手を添えた。

「マイペースだなあ」

ずっしりと重たい体を抱き上げると、柔らかい毛並みが僕の頬を包み、体温がじんわりと伝わってきた。おもちさんは僕の肩に顎(あご)を乗せ、ゴロゴロと喉を鳴らしてリラックスしている。

「おもちさん、また重くなりました？」

「気のせいですにゃ。それよりおやつ、鰹節クッキーとおさかなジャーキーと、干しかにかま、全部食べるですにゃ」

「そういえばそれ、決着がついていませんでしたね」

僕の手の中で、箱ととんぼ玉が当たってポコッと微(かす)かな音を立てる。青く光るとんぼ玉は、この町の海を閉じ込めたみたいだった。

「えー！　本当に見つかった！」

僕からの連絡を受けて、日生さんはすぐさま交番を訪ねてきた。薄汚れてしまった箱を大切そうに両手で持って、彼女は目を見開いていた。

「おまわりさんが見つけてくれたんですか？」

「パトロール中に、偶然。見つかってよかったです」

「そっかあ、ありがとうございました！」

日生さんが深く頭を下げる。僕の背後では、おもちさんが鰹節クッキーを齧っていた。カリカリと軽快な音がする。

日生さんが箱の麻紐を解いて、孔のある蓋を開く。中にはぽつんと、白い綿毛が眠っていた。僕はそれを覗き込んで、感嘆した。

「わあ、綿毛。こんなのが入ってたんですね」

「ただの綿毛じゃないんですよ。これはケセランパサランです」

「ケセラン……？」

僕がきょとんとしていると、日生さんは僕を見上げ、目を細めた。

「おまわりさん、手のひら、出してください」

「ん？　はい」

促されるまま、僕は手のひらを上に向け、日生さんの方へ掲げた。日生さんが綿毛をそっとつつく。箱の中で転がった綿毛が、僅かに崩れた。日生さんはその小さな欠片を拾い、こちらに差し出してきた。

「これ、あげる」

綿の欠片が、僕の手の上に置かれる。日生さんは残りの綿毛を残した箱を、ゆっくり閉じた。

「ケセランパサランは、幸せを運んでくれるんですよ。私の地元では、まことしやかに語り継がれてました」

僕の手の中の綿毛は、微風で毛先を揺らしている。ぽつりぽつりと、日生さんが語る。

「そんなおまじないは、本当かどうかはともかく……これは、私の心の軸なんです。知らない人ばかりの知らない土地に、ひとりぼっちで引っ越してくるのは、正直、不安でした。でも、小さい頃から大事にしていたこのケセランパサランを持ち歩いていると、どこにいても、巣に帰れた鳥の気持ちになれるというか……『なるようになる』って、思えるというか」

想いのこもったものは、なくしてしまったら、自分の一部をなくしてしまうような気持ちになる。この箱詰めの小さな綿毛は、彼女にとっては特別な宝物だったのだ。

日生さんは、にこっと明るく笑ってみせた。

「なんてね。とりあえず、気休めだと思って持っててみてくださいよ。私、これ持ってるからか、いつでもめっちゃラッキーなんです」

「そんな大事なもの、ちぎってよかったんですか？」

僕が問うと、日生さんは得意げに人差し指を立てた。

「そう！　これ、人に見せてはいけない決まりがあるし、なんなら持ち主でさえ年に一回までしか見ちゃいけない。この決まりを破ると幸せを運ぶ力が失われると言われてるんです」

「なら、なおさらどうして？」

「いいんです、私はもう、充分幸せだから。これ以上求めたら、バチが当たる」

日生さんは人懐っこく笑い、木箱を麻紐で縛り直した。

「それにケセランパサランは、おしろいを与えると成長して大きくなるんです。限界まで大きくなったら分裂するらしいし、今ちぎったって同じですよ」

いたずらっぽく言って、日生さんは箱を大事そうに、鞄にしまった。

「落とし物を拾ってくれた人へのお礼の相場は、大体一割ですけん。だからこれ、一割」

僕は改めて、手の上の綿毛を見た。ぽやぽやとした綿毛は、たんぽぽの種の冠毛のようにも、鳥の産毛のようにも見える。

僕は小さく唸って、綿毛を日生さんの方へ突き返した。

「お気持ちは嬉しいんですが、警察の規則で、お礼は受け取れないんです」

「えー！　でも、お金とか、高価なものじゃないのに。こういうただの綿毛でもだめなんですか？」

日生さんが残念そうに眉を寄せる。僕はまた、うーんと唸った。見た感じ、このケセランパサランは植物の綿毛だろうし、お金のかかったものではない。規則は規則だが、断るのも忍びない。

するると、クッキーを食べていたおもちさんが、カリカリと音を立てながら言った。

「じゃ、吾輩が貰うですにゃ。吾輩はおまわりさんじゃないから、貰っても規則違反じゃないですにゃ」

「あー……」

屁理屈だなあと思いつつも、僕は、おもちさんの提案に乗った。

「散歩していたおもちさんが、気に入って拾ってきちゃった……、ってことにしましょうか」

途端に、日生さんの曇った表情が、ぱっと明るくなった。

「そうです！　猫が拾っちゃったなら仕方ないですよね。ここに置いておきます」

日生さんは僕の手から綿毛を取って、カウンターに載せた。

「私ね、幸せって、独り占めしたらもったいないと思うんです」

窓から差し込む陽の光が、綿毛をふんわりと光らせている。日生さん自身の明るく朗らかな人柄が、目に見える形をしていたら、こんな感じなのかなと思う。

「ケセランパサランが大きくなったら分裂するのは、大きな幸せをひとりで抱えるより、たくさんの人に分けた方が、もっと幸せだからなんです、きっと」

そう言った日生さんの笑顔は、春の陽だまりのように晴れやかだった。

その後。交番のカウンターには、五センチ程度の高さの小瓶が置かれている。中には、小さな白い綿毛がちんまりと佇んでいた。

あのあと、上司の笹倉さんにこれを見せたら、「交番に飾ったらどうだ」と言ってもらえた。ケセランパサランは、空気孔を開けた桐の箱に入れて、人目につかないところに隠すものらしい。でもかつぶし交番のケセランパサランは、蓋を開けた小瓶に入れて、カウンターで堂々としている。

「飾ったらどうだ、とは言ったけど、ケセランパサランって人に見られない方がいいらしいな」

笹倉さんが事務椅子に座って脚を組む。僕も、日生さんの話を振り返る。

「幸せを呼ぶ効果がなくなるんでしたっけ？」

「らしいな。まあ、俺はどこでもいいぞ」

笹倉さんはおまじない的な話は信じていなそうな口調で言って、気だるげに書類仕事に戻った。

僕も、おまじないとか願掛けとか、なんならおもちさんにまつわる不思議な噂とか、そういったものはあまり信じている方ではない。だから、ケセランパサランは、見えるところに飾ってもいいかなと思った。その方が、これを目にした人たちに、少しずつ幸せを分け合える気がする。

日生さんがくれたのは、綿毛の欠片というよりも、このほっこりした温かな気持ちなのだと思う。この『お礼』は今は一割でも、きっと何倍にも膨らむ。ケセランパサランが、大きくなるように。

僕の足首に、柔らかいものが擦り寄ってきた。

「小槙くん。新しいおやつ開けてほしいですにゃ」

丸くてふわふわの、大きいケセランパサランみたいな奴が来た。僕はしゃがんで、その額を撫でる。

「さっきおさかなハム食べたのに。仕方ないなあ、ひとつだけですよ」

「なんだかんだで小槙くんは、吾輩に甘いですにゃ」

おもちさんは僕の手に頬をくっつけて、ゴロゴロと喉を鳴らした。

親愛なる君へ

かつぶし町の空に、ツバメがやってきた。交番の軒下(のきした)にも若いツバメの夫婦が訪れて、巣作りを始めている。チュイチュイと甲高い声が聞こえてくると、そんな季節だなあと実感する。

その日、僕はデスクに向かって仕事をしていた。膝の上には、丸くなったおもちさんがいる。重くて邪魔くさいが、立つ用事もないし、おもちさんはリラックスしているし、ひとまず放っておいている。

おもちさんがむにゃむにゃと呟(つぶや)く。

「そろそろおやつ食べたいですにゃー。小槇くん、おやつをー」

「今日はもうおしまいです。さっき八百屋さんのご主人と、近所の学生さんたちからいっぱい貰ってたの、見てましたよ」

おもちさんは、町の人からかわいがられているのはいいのだが、おやつを貰いすぎてしまうのがいけない。僕が見ていない隙に貰っている分もあるだろうから、管理しきれない。

「健康診断で、動物病院の先生から叱られたでしょ？　太り過ぎです」

おもちさんがふっくらしているのは、夏毛でももこもこな毛量のせいと、無駄なお肉が多いのの、両方が原因である。僕がおもちさんの健康管理に気を配っているというのに、当のおもちさんは無頓着だ。

「あれは吾輩のふくよかボディに対する嫉妬に違いないですにゃ」

「違うんですよ。病気になったらもっとおやつ食べられなくなるんだから、ここはひとつ堪えてください」

おもちさんは、とても長生きらしい。この町に住んでいるおじいちゃんおばあちゃんが子供の頃から、ここで暮らしている。寿命がものすごく長いのか、或いは寿命という概念すらないのかは、謎だ。

でも怪我や病気はするようなので、不死身なわけではないのだと思う。そうであれば、おやつばかり食べさせるわけにはいかないのだ。おもちさんをかわいがる方々も気にかけてくれて、一度にあげる量は調整してくれるのだが、おもちさん自身は欲しがって僕に甘えてくる。

そういえば先日、おもちさんによく似た猫を見かけた。町の人たちは、あの猫をおもちさんと間違えて、おやつを与えているのだろうか。

僕はあの猫のことを、おもちさんに報告した。

「先日、おもちさんにすっごく似てる猫を見たんです。あんなにそっくりな猫、この辺にいたんですね。僕、間違えて話しかけちゃいましたよ」

「にゃ？　吾輩に似てる猫？」

眠たそうにしていたおもちさんが、ぴくんと耳を立てた。

「吾輩、この辺りに住んでる猫は、大体顔見知りですにゃ。吾輩に似てる猫など、吾輩しかいないですにゃ」

おもちさんは心当たりがないみたいだ。あまりにも瓜ふたつ……否、餅ふたつだから、おもちさんも放っておかないと思ったのだが。

「じゃあ新しくやってきた猫かな。体型も模様も殆ど同じでしたよ。違いといえば、おもちさんより焼き目が焦げてるくらいです」

おもちさんの背中の茶色い模様に、ぽんと手を置く。おもちさんは、怪訝な顔で僕を見上げた。

「むむ……吾輩の縄張りに、見知らぬ猫が。新入りは地元の猫に挨拶するのが、猫社会の常識だというのに」

「柴崎さんは知ってるのかな。猫好きだから、すでに仲良くなってるかも」

柴崎さんは、僕の先輩警察官だ。つんとすました冷ややかな印象のある女性だが、実は表情を変えるのが下手なだけで、思ったより怖くない人である。人間相手には厳しい態度を取りがちな彼女は、猫に対してなら和やかな顔もできる。かつぶし交番は、この柴崎さんと、ベテラン警察官の笹倉さん、それと僕の三人で、交代で回している。

それはさておき、あの新顔の猫。あれだけおもちさんに似た猫がいるとなると、これからも見間違えそうだ。

「便宜上、おもちさんじゃない方の猫は、焦げてるから『おこげさん』と呼びます。おこげさんとおもちさんを見分けやすいように、おもちさんには首輪かなにか、目印をつけませんか？」

僕はおもちさんの首を撫でて、提案した。

「もしもおこげさんがいたずらして、それをおもちさんがやったと勘違いされたら、困るでしょ」

「ふむ……一理あるですにゃ。それに、おこげさんが吾輩の代わりにおやつを貰って、その分吾輩が貰えなくなったりでもしたら……一大事ですにゃ」

おもちさんが耳をぺたんと下げる。

おこげさんの方も、人馴れしたおもちさんと間違えられて、町の人に撫でられそうになれば、怖い思いをするかもしれない。おこげさんも人懐っこい猫ならいいのだが。

おもちさんが不服を申し立てる。

「でも、首輪をつけるなら、吾輩じゃなくておこげさんにつけてほしいですにゃ。吾輩の方が先輩なんだから、あとから来たおこげさんに印をつけるべきですにゃ」

「そうですけど、どこにいるか分からないおこげさんより、交番にいるおもちさんの方がつけやすいんですよ。明日、ペット用品のお店を見てきますね。おもちさんに似合いそうな首輪、探してきます」

僕が言うと、おもちさんはイカ耳になり、首を竦めた。

「でも吾輩、首輪は嫌いなのですにゃ」

「そうだったんですか。どうしてですか？　息苦しいとか？」

決まった飼い主がいないからつけていないだけだと思っていたのだが、こんなことを言うからにはつけられた経験があるのだろう。おもちさんは険しい顔で切り出した。

「小槇くんは、おかげ犬をご存知ですにゃ？」

「おかげ犬？　聞いたことはあります。江戸時代にあった、犬にお伊勢参りに行かせる、あれですよね」

江戸時代、伊勢参りブームが起こったらしいが、事情があって遠出できない人もいた。そんな飼い主の代わりにお参りに行っていた犬というのが、「おかげ犬」だ。近所の人がお参りに行くとき、犬を飼い主の代わりとして一緒に連れて行ったというが、犬がひとりで自宅と神社を往復したケースもあるという。

「犬の首に巾着袋みたいのをつけて、そこに旅にかかる資金を入れて行かせるんですよね」

「そうですにゃ。そのシステムから着想を得たのが……」

　途中まで言いかけて、おもちさんは口を閉じた。しばらく虚空(こくう)を見つめたのち、ぷいっとそっぽを向く。

「やっぱやめたですにゃ。これは小槇くんは知ってはいけない話ですにゃ」

「気になるところで止めるのやめてくださいよ。『知ってはいけない』なんて言われたら余計に知りたくなります」

「ともかく吾輩は首輪はのーさんきゅーですにゃ」

　おもちさんは顔を背(そむ)けたままである。僕ももう、無理に訊くのはやめた。

「首輪がお嫌いなら、別の方法考えましょうか」

「ぜひですにゃ」

　おもちさんは、それ以上なにも言わなくなった。

　カウンターの上では、小瓶が窓から差し込む光を反射させている。瓶の中の白い綿毛、ケセランパサランも、光を含んでほのかに発光して見えた。

　ケセランパサランは、おしろいを食べるらしい。振りかけるとそれを食べて、大きくなるのだという。白い綿におしろいの粉が降り積もって膨(ふく)らんでいるだけだとは思うが、折角日生さんから貰ったのだ、蔑(ないがし)ろにしたくない。僕は言い伝えどおりに、おしろいの粉をかけてみている。

ふいに、引き戸がガコッと音を立てた。

「おまわりさーん！　あっ、よかった、いる！　今日は小槇さんか！」

騒ぎながら入ってきたのは、高校の制服姿の春川くんである。手には、透明のプラスチック板を張られたケースを持っている。虫なんかを飼うときに使う、飼育ケースのようだ。

僕はおもちさんを抱き上げて、椅子から立ち上がる。

「どうしたの春川くん」

駆け込んできた春川くんを迎える。春川くんは、飼育ケースをこちらに突き出した。

「鳥、拾った！」

ツバメの雛でも落ちていたのだろうか、と思ったのだが、違った。透明なプラスチックの壁に四方を囲まれた中に、ちょこんと立っているそれは、ツバメではない。

黄味がかった淡い茶色の体に、赤いくちばし。頭は上半分が体よりやや濃い茶色で、下半分は白い。手のひらに収まるほどの、小さな鳥である。見た瞬間すぐに分かった。シナモン文鳥だ。

春川くんは、興奮気味に早口で捲(まく)し立てた。

「学校からの帰り道に落ちてたんだ。雀(すずめ)かと思ったんだけど、なんか違うし、インコ？　よく分かんないけど、ペットっぽい。とりあえずうちにあった飼育ケースに入れた。こういうのって、警察に届けるんだよね？」

「そうだね、この子は文鳥だね。拾ってくれてありがとう」

文鳥がいる横には、ちぎったレタスがある。春川くんはこの鳥がなんなのか分からないなりに、食べそうなものを入れてあげたのだろう。文鳥は幸い元気そうで、飼育ケースの中をぴょんぴょんと跳ねて周りを見回していた。

迷子のペットは、拾得物扱いになる。交番に届けられたら、警察署の会計課に預けられるのだ。逆にペットを迷子にしてしまった場合も、落とし物同様の扱いになる。この文鳥も、捜している人がいれば、警察に届けを出しているかもしれない。

僕はおもちさんを床に下ろして、デスクのパソコンからデータを確認した。しかし生憎、この文鳥の飼い主は、署に連絡していないようだ。

迷子になるペットは、年間で何十万頭にも及ぶらしい。届出の提出がないものも含めればもっとだ。リードが切れてしまった犬とか、戸締まりされていなくて家から出ていってしまう猫、開いていた窓から飛び出してしまう鳥など……その実態は深刻だ。

生き物自身が外の世界で危険に晒されるというのはもちろん、他人を噛んだり、よその家でいたずらをしたりと、問題を起こしてしまうこともある。本来日本にいない動物が外で生き延びて野生化し、殖えて生態系を狂わせて、環境破壊に繋がるケースだってある。

この文鳥の場合なら、春川くんが拾っていなかったら、猫や大きな鳥の獲物になるところだった。命拾いした文鳥は、飼育ケースの中できょとんと首を傾げている。春川くんは、カウンターに手を乗せて、飼育ケースの中を眺めていた。

「飼い主が見つかるまで、俺のうちで預かりたいところなんだけど、うち、おのりちゃんがいるからなあ」

おのりちゃんとは、春川家の黒猫である。たしかに、猫がいる家で小鳥を預かれば、目を離した隙に悲惨な事故が起こりかねない。そこまで考えてから、僕はパソコンに向けていた目をカウンターに戻した。床にいたおもちさんがカウンターに上っており、春川くんと一緒に飼育ケースの中の文鳥を覗いている。

「ここにも猫、いるな……」

僕が呟くと、春川くんがちらっとこちらを見た。

「おもちさんはさ、話せば分かりそうじゃん」

「そうだね、言って聞かせられるし、なにより……」

僕も、文鳥の元へ歩み寄る。

「おもちさんは、人間以外の言葉も分かるんですよね」

おもちさんは人の言葉を話せるが、これは人に限ったことではない。おもちさん曰く、相手がなにか伝えようとしていて、それを聞こうとする気持ちさえあれば、誰だってなにとだってコミュニケーションが成立するのだそうだ。僕には文鳥の言葉は分からないけれど、おもちさんだったら、話を聞けるのかもしれない。

「おもちさん。この文鳥がどこから来たのか、飼い主がどんな人か、訊いてもらえますか？」

「ふむ……」

おもちさんは前足を揃えて文鳥を眺めている。

「文鳥さんは住所なんて分からないですにゃ」

その回答を聞き、春川くんが頬杖をつく。

「そっか、町の名前も番地も、知らないよな」

「あと、『ケンちゃん』って人の話をしてるですにゃ」

「それが飼い主かな？　ケンちゃんのフルネームは？」

春川くんが訊くも、おもちさんは煮えきらない声色で言う。

「この子は『ケンちゃん』としか」

「家の中じゃ、フルネームで名前呼ばないもんなあ」

春川くんが納得する。文鳥を見ているおもちさんの尻尾が、左右にひゅんと振れた。

「むむ……ぴょこぴょこ動く小さい生き物を見ると、吾輩……猫の本能が疼くですにゃ」

おもちさんの呟きに、僕はハッとした。おもちさんの目が、瞳孔が開いて黒くなっている。いくら話が分かるおもちさんでも、このまま文鳥を見ていれば、野性のスイッチが入ってしまうかもしれない。

今にも爪を出しそうなおもちさんを、僕は前足の腋から抱き上げてカウンターから引き離し、事務椅子に戻した。

連行されるおもちさんを、春川くんがカウンター越しに見ている。

「おもちさんはすげえなー。文鳥の言葉が分かるんだな」

「春川くんだって、ギター弾けるですにゃ。同じですにゃ」

おもちさんが事務椅子から返事をする。春川くんはちょっと怪訝な顔をした。

「文鳥語が分かるのとギター弾けるの、全然同じじゃないよ」

どちらもできない僕からしたらどちらもすごいと感じるが、すごさの方向性は違う。でもおもちさんは、言い切った。

「春川くんはギターの言葉が分かるですにゃ」

「ギターの言葉？　タブ譜のことか？」

「ギターかっこいいから、ギターと仲良くなりたくて、ギターの言葉を勉強したですにゃ。だからギターと一緒に歌えるですにゃ」

おもちさんが大きな目で、ぱちりとまばたきした。

おもちさんは、相手の言葉を聞こうとすれば、どんなものとでも話ができるらしい。そしてそれを、おもちさん以外でも、「誰でも同じことができる」という。

春川くんは、しばし口を半開きにして固まっていた。そして、そっか、とはにかむ。

「そうかもな。通じ合ってる気がするもん。大事だから、お手入れも欠かさないしな！」

「つまり春川くんは、数学とお友達になろうとすれば、赤点を回避できるですにゃ」

おもちさんの突然の助言に、春川くんが気色ばんだ。

「いやあ、それは仲良くなれる気がしない……数学の方も俺を嫌ってるよ。それならまだ文鳥の方が仲良くなれそう」

苦笑いで数学を拒否して、春川くんは飼育ケースの中の文鳥に目を戻した。文鳥は落ちついて羽繕いをしている。春川くんが飼育ケースの壁を指先でちょんとつつくと、文鳥はキャルルルと甲高い声をあげて、頭を上下左右に揺らしはじめた。初めて見た動きに、春川くんが驚く。

「わっ、なにこれ」

「威嚇してるね」

僕が言うと、春川くんはむすっとしながらも指を離した。

「なんでだよ、助けてやったのに」

「ははは。威嚇する元気があるならよかったよ」

「でも、ごはん全然食べてないぞ」

春川くんが飼育ケースの中のレタスを指差す。彼の言うとおり、レタスは手つかずだった。

「お腹すかせてると思うんだけどな……」

「レタスは食べないかもしれないね。見慣れてないものだと、食べようとしないんだ。それよりも、ヒエやキビみたいな、シードの方が好むかな」

僕はおもちさんと春川くんを残し、給湯室に向かった。手のひらに乗るサイズの小さな器に水を入れて、文鳥の元に戻る。飼育ケースの蓋を開けたら、文鳥はやはり僕の手に向かって威嚇鳴きしたが、汲んできた水を置いてやると態度が一変した。すぐに跳ねて寄ってきて、水を飲みはじめる。春川くんが前のめりになる。

「あ！　飲んでる！」

よほど喉が渇いていたようで、文鳥は水をたっぷり飲んでいた。ぷはっと顔を上げる文鳥を眺め、春川くんが言う。

「俺、貼り紙作るよ。迷子の文鳥がいます、飼い主の人は警察署に連絡してくださいって」

「ありがとう」

春川くんが情報を広めてくれれば、きっと飼い主の目にもとまる。春川くんは虚空を仰いだ。

「貼り紙、どこまで貼りに行こうかな。隣町まで貼った方がいい？　ずっと遠い町から飛んできたんだとしたら、飼い主捜すの大変だよな」

「文鳥はそんなに長距離は飛べないから、きっとこの辺の家の子だよ。羽艶がよくて、怪我もない。元気そうだし、恐らく飛び出してからさほど時間が経ってない」

僕が文鳥を観察していると、後ろの事務椅子のおもちさんが、寝そべった姿勢で顔だけ上げた。

「小槇くん、普段はそんなにキリキリしてないのに、なんだか今は、妙に頼りがいがあるですにゃ。やけに手慣れてるですにゃ」

「実家に文鳥がいたんです。だからわりと、鳥の扱いは分かります」

文鳥の食べるものや威嚇の仕草は、経験上知っている。それを聞いて、春川くんが目を丸くした。

「すっげー！　専門家じゃん！」

「専門家ではないよ」

「今日の交番の当番が小槇さんでよかった！　安心して任せられる！」

彼は文鳥と僕とを見比べて、踵(きびす)を返した。

「なんだっけ、ヒエ、キビだっけ。とにかく文鳥用のごはんがあるんだよな。俺、買ってくる！　そんで貼り紙作って、学校とスーパーとコンビニと、商店街じゅうに貼らせてもらおー！」

　春川くんはそう宣言して、外へ飛び出していく。行動の早い春川くんは、あっという間に姿を消していた。

　カウンターに取り残された文鳥が、飼育ケースの中でぴょんぴょんと跳ねている。時々僕を見上げて、首を傾げていた。

　元の目に戻ったおもちさんが、事務椅子の上でとろけている。

「ときに小槇くん。小槇くんがこんなふうな、きな粉餅みたいな鳥さんと暮らしてたとは、初耳ですにゃ」

「そうですね。うちのは、この文鳥と違って灰色の文鳥です」

　この文鳥はシナモン文鳥で、僕の実家にいたのは桜文鳥である。色が違うから、きな粉餅ではなかった。

「今はもういませんよ。僕が警察学校で缶詰になってるうちに、死んじゃったんです」

　懐かしい顔が脳裏に浮かぶ。ムラのない灰色の体に黒い頭、ぽっくりした白い頬。

「僕がまだ小学生だった頃、友達の家で生まれた文鳥を分けてもらったんです。名前は『文太郎』。僕がつけました」

「文鳥に『文太郎』……小槇くんらしい、捻りのない素直な名付けですにゃ」

　おもちさんの感想は、若干半笑いだった。僕は餅みたいな猫を一瞥する。

「おもちさんの名前だって、大概素直な名付けですからね」

　文太郎が家に来てから、僕は毎日、文太郎に挨拶してから登校して、帰ってくるなりランドセルを放って、文太郎の鳥籠へと一直線だった。学校の図書室で文鳥の本を借りて、飼い方を勉強した。

　今目の前にいるシナモン文鳥は、顔も動きも文太郎と似ていて、見ていると文太郎が恋しくなってくる。僕はつい、おもちさんに思い出話をはじめた。

「子供なりに、文太郎と仲良くなろうと頑張ってたのが、文太郎にも伝わったのかな。籠から出すといつも、最初に僕の肩にとまりに来てくれたんですよ」

　飼育ケースの壁にちょんと指を押し付けると、文鳥が寄ってきて、透明の壁越しにくちばしでつついてきた。

　僕はふと、以前おもちさんが言っていた言葉を思い出した。

『相手の言葉を聞こうとする気持ちさえあれば、案外なんとかなるものですにゃ』

　僕には鳥の言葉は分からないし、文太郎も多分、僕の言葉が分からなかっただろう。だけれど、僕がかわいがろうとしているのは、たしかに文太郎に伝わっていたし、文太郎が僕を信頼してくれているのを、僕も分かっていた。

　おもちさんが言っていたのは、きっと、こういうことだ。仲良くなりたくて、相手の気持ちを知りたくて、大好きな気持ちを伝えたい。そんな僕に、文太郎も応えてくれた。

僕と文太郎は言語を介して話すことはなかったけれど、僕らはたしかに、親友だった。

「だからこそ、心残りがあるんです。文太郎はあんなに僕を信頼してくれてたのに、僕は文太郎が息を引き取るとき、看取ってあげられなかった」

僕は文太郎が年老いて弱ってきているというのすら知らず、ある日突然、訃報を知らされたのだった。

警察学校は、一度入ると帰る機会がなかなかなくて、実家には長く戻っていなかった。そうして会っていないうちに、文太郎はこの世を去った。肩にとまったときの軽い感触も、手の中で感じた温もりも、いつの間にか、二度と届かないところまで離れてしまったのだ。

「文太郎がいちばん苦しかったときに、傍にいてあげられなかった。親友だったはずなのになあ……」

警察学校にいたのだから、仕方ない。そういう場所だと理解している上で、僕は警察官の道を選んだのだ。ただ、割り切ってはいるけれど、全く後悔しないわけではない。

文太郎はどんな気持ちだったのだろう。日に日に体の自由が利かなくなっていく中、帰ってこない僕を待っていてくれたのだろうか。不安な日々を過ごしていた文太郎に、僕は会いにすら行けなかった。

僕が警察学校にいて、それがどんな場所なのかなんて、文太郎には分からない。文太郎からしてみれば、「なんで会いに来てくれないんだろう」とか、「自分は飽きられちゃったのかな」とか、思ったかもしれない。放っておいた僕を、怒っているかもしれない。そう考えると、文太郎に申し訳なくて、胸が痛くなる。あれからもう何年も経つのに、未だに自分の中で上手く落とし込めていない。

シナモン文鳥がつぶらな瞳で僕を見ている。赤みがかったぷっくりした目だ。僕は文鳥に話しかけた。

「君も不安だよね。飼い主さんにまた会えるといいね」

おもちさんの短い尻尾が、事務椅子の座面から垂れる。

「生き物には皆、それぞれ体に適した『時間』があるですにゃ。だからどうしても、一緒にいられる長さは差があるけれど……」

おもちさんは椅子の上で寛いでいて、こちらに顔を向けずに語った。

「長さより、濃さですにゃ。小槙くんと文太郎さんには、『大好き』がぎゅっと凝縮された時間があるですにゃ。だから最期の瞬間にいなかったとしても、親友なのは変わらないですにゃ」

まったりした柔らかな声が、静かな交番に吸い込まれる。それは僕の胸のつかえのごく一部を、じわりと、ほんの少しだけ、溶かしてくれた。

文太郎の傍にいられなかった僕は、もう親友を名乗れない気がしていた。でも、おもちさんのその言葉で、親友でいてもいいのだと、親友だと思ってもいいのだと、許されたような気持ちになった。

シナモン文鳥がちょんちょん跳ねる。僕はつい、くすっと笑った。

「猫が励ましてくれるとはなあ……」

「なに。吾輩にも心当たりがあった故、小槇くんに共感してしまっただけですにゃ」

おもちさんは茶色い模様の背中をこちらに向けて、丸くなっている。

「吾輩は、小槇くんよりずっと歳上で、ずっと歳上よりもっと歳上で。たくさん、いろんなひとと出会って、お別れしてきたですにゃ」

おもちさんの呟きを聞き、僕の口から、ああ、と声が洩れた。おもちさんは、長生きだ。長生きだから、命の儚さを知っている。

「吾輩、長い長い時間を生きているですからにゃ。新人おまわりさんが定年退職するまでを何人も見届けたですにゃ。正直、ひとりひとり覚えてないですにゃ。責任感もないですにゃ。吾輩は猫だから」

おもちさんが欠伸混じりに言う。

「でも、思い出そうとすれば思い出せるし、もし忘れちゃったとしても、一緒にいた時間は消えないですにゃ」

おもちさんの見ている景色は、僕には到底、想像できない。けれど、文太郎を送った僕の気持ちと、おもちさんが感じてきたものは、似ているのかもしれない。

「なんだか、今日のおもちさんは詩的ですね」

「なぜなら、こうして小槇くんを励ましたら、小槇くんも吾輩を甘やかして、おやつくれるかもしれないからですにゃ」

「そういう魂胆でしたか」

　さて、文鳥に構ってばかりもいられない。預かってくれる会計課への連絡や、書類仕事など、することはたくさんある。仕事に戻ろうと、僕は椅子の上のおもちさんを持ち上げた。空けた席に座ろうとした矢先、またしてもガコッと、引き戸が変な音を立てた。

「小槇さーん！　文鳥の飼い主、見つかった！」

　春川くんが戻ってきたのだ。彼の後ろには、春川くんと同い歳くらいと見られる少年がついてきている。僕はおもちさんを抱え、中腰で彼らを振り向く。

「あれっ。意外とすぐだったね」

　春川くんの後ろにいた少年は、カウンターの飼育ケースを見るなり、弾かれたように飛びついた。

「おはぎー！　よかった、無事だったんだな！」

　彼を見ると、文鳥もぱっと顔を上げた。尾羽を開き、ぴょんぴょん飛び跳ねて、透明の壁越しにアピールしている。

「きな粉のおはぎに似てるから、『おはぎ』って名前なんだって」

春川くんがカウンターに歩み寄ってきた。僕も、おもちさんを抱えて、彼らの元へ行く。

「すごいな。よく飼い主さんを見つけたね」

「餌を買いにペット用品店に行ったら、そこで『迷子の文鳥、捜してます』って貼り紙を見つけたんだ」

文鳥の餌を買い出しに行った春川くんは、迷子のシナモン文鳥を捜す貼り紙を発見した。そこに書かれていた連絡先に電話をかけて、事情を話したのだという。飼い主「ケンちゃん」はなんと春川くんと同じ学校、同じ学年、隣のクラスの男子生徒で、商店街の傍のアパートに住んでいる少年だった。

彼は飼育ケースを両手で抱えて、声を震わせた。

「鳥籠が開いてたのに気づかなくて、窓も開けっ放しで、出かけちゃったんです。学校から帰ってきたらおはぎがいなくなってて……」

そして僕と春川くんそれぞれに、ぺこぺこと頭を下げる。

「ありがとうございます！　これからは気をつけます！」

「そうだぞ！　ちゃんと責任持ってかわいがれ」

春川くんが腕を組む。僕は単に一時的に預かっていただけで、今回は春川くんが大活躍だった。ともかく、無事に飼い主が見つかってなによりだ。

飼育ケースの中のおはぎちゃんが、ぴょこんと、こちらに顔の向きを変えた。丸い瞳でじっと僕を見つめ、小首を傾げる。僕の腕の中で、おもちさんが言った。

「『いつか自分が文太郎さんのところへ行く日が来たら、伝えておくことはある?』って言ってるですにゃ」

「えっ。おはぎちゃん、僕の話、聞いてたんだ」

文鳥が人の言葉を理解できるかは分からないが、おはぎちゃんは、感じ取ってくれたのだろう。

文太郎に伝えたい気持ちは、たくさんある。寂しい思いをさせてごめんね、とか、傍にいられなかったのは警察学校にいたせいだという言い訳、言葉にして伝えて、分かってほしい気持ちは、たくさんあるけれど。

「ええと、じゃあ、『ありがとう、大好き』って」

いちばんに伝えたいのは、やっぱり、これだ。言わなくても、文太郎は分かってくれているかもしれないが。

おはぎちゃんはまた、ぴくっと小さく首を傾けて、そしてこちらに薄茶の背中を向けた。

おはぎちゃんを見送ったあと、僕は改めて春川くんにお礼を言った。

「飼い主さん、見つけてきてくれてありがとう」

「なにごともなくてよかったよ。あ、そうだおもちさん」

春川くんが、僕の腕の中のおもちさんにニヤリ顔を向けた。

「さっき行ったペット用品の店に、猫用の首輪があったよ」

「にゃっ……嫌ですにゃ」

おもちさんの体がびくっと強ばる。耳が下がって、尻尾がわずかに膨らんだ。身構えるおもちさんを見て、春川くんは可笑しそうに笑った。

「あのね、小槇さん。おもちさん、首輪が嫌いなんだよ。小槇さんの前任の前任の前任くらいのおまわりさんが原因で」

喋りだす春川くんを、おもちさんが止めようとする。

「春川くん。その話は……」

「そのおまわりさん、おもちさんに首輪をつけて、そこに巾着袋を取り付けたんだよ。そしたら町の人たちは、巾着袋の中におもちさんにあげたいおやつを入れるようになったんだ」

首輪に巾着袋。まるで伊勢参りの旅の資金を首から提(さ)げていた、おかげ犬みたいだ。おもちさんの場合は、逆に、最初はからっぽで外で貰ったものを入れて帰ってきたようだが。

春川くんが楽しげに続ける。

「そしたら、巾着袋に入れるのが当たり前になっちゃって、おもちさんに直接食べさせる人が激減。そんで、巾着袋に入り切らないほどのおやつは与えられない。回収されたおやつは、交番のおまわりさんが徹底管理」

目から鱗だった。この方法なら、おもちさんの過食をある程度抑止できる。僕の前任の前任の前任とやらは、すごい発明をした。

僕は偉大な先輩の背中に想いを馳せ、はあと感嘆のため息をついた。

「その手があったか」

しかし、おもちさんからすれば、首におやつを吊るされているのに食べられないわけで。僕の腕の中で、おもちさんがわなわな震える。

「だ、だから小槇くんには知られたくなかったですにゃ。吾輩、あんなお預け食らうの、二度と嫌ですにゃ。首輪を見るたびに思い出すですにゃー！」

おもちさんの首輪嫌いの理由が判明した。春川くんがカウンターに肘を乗せる。

「まあ、その首輪はおもちさんが太りすぎなせいで伸びて壊れちゃって、巾着袋もおやつの詰めすぎではち切れたんだけどね。三日ともたなかったよ」

「そっか、真似してみようと思ったんだけどなあ」

外でツバメの夫婦が鳴き交わしている。春のかつぶし町は、今日も平和だ。

山狩り

「小槙くん、眠たそうですにゃ」

とある夜勤明けの朝。おもちさんに欠伸を見られた。僕は自身の頬を引っぱたく。

「失礼しました」

「眠いなら寝るのがいちばんですにゃ。吾輩と一緒に日向（ひなた）ぼっこするですにゃ」

窓から朝日が差し込む床に寝そべり、おもちさんが誘惑してくる。猫は自由気ままで寝たいときに眠れて、羨ましい限りである。

「寝ませんよ。笹倉さんに引き継ぎするまでは……引き継ぎして、署で仕事して、寮に帰るまでは……寝ない……」

僕はデスクに置いてあった、レモン味の酸っぱいグミをひと粒、手に取った。口に含むと、バチッと刺激に襲われて、目が覚める。

当直の夜は短い仮眠をとるとはいえ、眠くなる。それにしても今日は普段以上に眠い。

おもちさんがごろんと寝返りを打ち、白いお腹を天井に向ける。

「ふむ。では小槇くんが起きてられるよう、吾輩が話し相手をしてやるですにゃ」

「うーん……よろしくお願いします」

　おもちさんと話していれば、黙っているよりは気が紛れる。おもちさんは両前足を丸めて、さながら招き猫のポーズで寝転がっている。後ろ足は裏面を真上に広げており、ぷっくりした肉球が大胆に展開されていた。

「さあ小槇くん。なにか面白い話をするですにゃ」

「あ、僕がするんですか?」

「そうですにゃ。面白い話を面白く話そうとすると、頭を使うから、目が覚めるのですにゃ」

「ええ……なんかあったかな、おもちさんに話すような出来事」

　僕は報告書を書きながら、数秒考えた。そして、数日前に起きた珍事件を思い出す。

「先日、僕が隣町の山に出かけたの、ご存知ですよね」

「んにゃ。山で迷った人を捜しに行ったですにゃ。小槇くんは非番だったですにゃ」

　これはかつぶし交番を管轄する警察署である東こざかな署、それから消防やボランティアも協力しての、大掛かりな捜索だった。

とある、非番の日の夕方。僕は隣町の山へ臨場(りんじょう)した。ここへ春のハイキングツアーにやってきた団体のうち、ひとりのおばあさんが、仲間とはぐれて連絡がつかなくなったというのだ。

この山は、敷かれている道路に沿って歩けば、子供の遠足でも安心安全なハイキングコースである。だがひと度(たび)道から外れると、途端にハードな獣道に迷い込む。携帯の電波は届かなくなり、道に迷う人は少なくない。

捜索は僕ら、管轄警察署の地域課の非番員、それから署の内勤の中から協力できそうな人が駆り出され、警察犬まで動員された。休日だった柴崎さんもいる。消防や地域の消防団、ボランティアの一般市民とも協力して、捜索が始まった。

非番だった僕は、夜勤明けでくたくただった。だが眠いなどとは言っていられない。捜索班を組んで捜索していると、柴崎さんが言った。

「この山、クマが出るんですよね」

「行方不明の方、襲われてないといいんですが」

僕が眉を寄せると、柴崎さんは無表情で頷(うなず)いた。

「それもそうだし、私たちも襲われるかもしれません。なんか出たら小槇くん、戦ってください」

「クマ相手に？　素手で？」

「そのための柔道です。道場でしごかれてるのはこういうときに備えてでしょう」

　この頃、柴崎さんは、無表情で冗談を言うようになった。

　警察官は、警察学校の時点で柔道か剣道を習得し、署に入ってからも訓練する。僕は柔道を、柴崎さんは剣道を心得ている。因みに笹倉さんは「俺はおじいちゃんだから」などと言ってか弱いふりをしているが、柔剣道共に有段者である。その笹倉さんは今日は当直で、リアルタイムで発生する別の事案に対応しており、ここには来ていない。

　柴崎さんの冷ややかな目が、僕を一瞥した。

「戦えというのは冗談ですが。ともかく、この山は案外危険です。油断しないでくださいね」

「はい」

　相変わらず表情が乏しくて冷たい印象だが、その感じのまま冗談を挟んでくる。最近の柴崎さんは、ちょっと面白い。

「柴崎ちゃん、随分柔らかくなったですにゃ」

おもちさんが日向でむにゃむにゃ言う。僕は報告書の書面と向き合いつつ、話した。

「顔を合わせたついでにおこげさんを知ってるか訊いてみたんですが、柴崎さんは見たことないらしいです」

おもちさんによく似た猫、おこげさん。猫好きの柴崎さんも、出会っていないそうだ。とはいえあれだけおもちさんと似ていれば、気づかないうちに目にしていたとしても、おもちさんと見間違えてしまうだろう。

おもちさんが眠そうに目を細める。

「おこげさん。そんな猫もいたですにゃあ」

「忘れてたんですね、おもちさんのコピーみたいな猫なのに。自分にそっくりな猫がいるなんて、気になりませんか？」

「散歩してても会わないですにゃ。どこにいるのやら」

おもちさんが耳を寝かせる。一応気にかかってはいるようだが、マイペースなおもちさんは、おこげさんをわざわざ捜しはしないそうだ。僕はその姿を眺め、話を戻した。

「さて、そんな話もしつつ、山の捜索……山狩りをしてたわけです。ボランティアの市民の方々もいましたし、彼らが危険な目に遭わないか、そっちも気にしながら」

おばあさんを捜しているうちに他の人が迷ったら、別の案件が始まってしまう。警察官自身が行方不明になるケースもあるので、僕らも慣れない山の中を手探りで捜索した。

「僕らは捜索班同士で、合流したり離れたりしながら、無線で情報を共有して捜索していました。そこへ、変わった人が現れたんです」

初夏を迎えようとする山は、若葉が青々としていた。登山道の脇には野イチゴの低木が蔓延り、白い花と赤い実をぽつぽつ覗かせている。

森林が深まっていくにつれて、足場が悪くなり、そして木々に空を隠されて薄暗くなっていった。山の中には、不法投棄の粗大ごみや、打ち捨てられて蔦が絡みついた廃車など、警察としては放っておきたくないものを度々目にした。野イチゴの実は、ところどころ、野生動物に食べられた跡があった。高く伸びた杉の木には大きな爪痕が残っており、大型の獣の存在を物語っている。

道が崩れた崖もあり、僕らは恐る恐るその下に目を向ける。行方不明のおばあさんは、考えたくもないような状態で見つかるかもしれない。上にも下にも目を配り、いろんな要因で精神が削れていった。

捜索班は漠然と組まれているだけで、いつでもまとまって行動しているわけではない。単独にならないよう、最低でもふたりひと組で動く。日が傾いて来る頃、僕は柴崎さんとふたりで、道なき道に踏み込んでいた。

そんな中、とある男性が、僕に声をかけてきた。

「ここから先は道が入り組んでる。いくら無線機があったって、迷うぞ」

やや小柄ながら恰幅のいい、四十代くらいの男性だった。ボランティアの近所の人だろう、少なくとも、警察官ではない。

彼の言葉どおり、僕が進む先は地図に道が表示されていない。人の手入れが行き届いていない、完全なる獣たちのエリアである。

とはいえ、おばあさんがこちらへ向かった可能性が捨てきれない以上、調べないわけにはいかない。

「ありがとうございます、気をつけて調べますね」

男性に会釈して、僕は柴崎さんとともに先に進もうとした。しかし男性は太い腕を伸ばして、僕の手首を掴んだ。

「行くなら、俺が付き添ってやるよ」

「いやいや、危ないですから！　ここは警察に任せてください」

危険と分かっている場所に、一般市民を巻き添えにはできない。だがこの男性は、僕の手を離さなかった。

「大丈夫、俺はこの山に詳しいんだ。この先の道だって熟知してる」

「そうなんですか？」

「ああ。ガイドだと思ってくれていい」

自信満々な彼を前に、僕は柴崎さんと顔を見合わせた。

「それで小槙くん、その人にガイドしてもらったですにゃ？」

おもちさんが仰向けで、金色の瞳を僕に向けてくる。僕は書いていた報告書から、床のおもちさんに視線を移した。

「はい。柴崎さんと相談して、結果、協力をお願いしました。なにかあったら僕らが全力で守る前提で、道案内を頼んだんです」

おもちさんの白い毛が、朝日を含んでほわっと光っている。

「その男性と山を歩いていると、彼は、子供の頃の不思議な出来事を語りだしました」

「この山に詳しい」という男性の言葉に嘘はなく、彼は一切迷わず、山の中を進んでいっ

た。薄暗くて視界が悪い山道は、僕らだけなら迷っていたかもしれない。

不思議なくらい土地勘のあるこの人は、時々、ふいに野イチゴの実をちぎっては、口に放り込んでいた。まるで自宅の庭のような慣れ具合だ。普段から、この山に出入りしているのだろうか。最初こそ半信半疑だった僕もいつしか、このワイルドな男性の頼りがいのある背中に、身を委ねていた。

「俺はね、本当は警察が苦手なんだよ」

先を歩く男性は、軽やかな足取りで僕たちを導いていく。

「昔、特殊詐欺で捕まったんだ。それ以来、警察にはいい思い出がない」

「前科がおありでしたか……」

気色ばむ僕を振り返り、男性はニッと笑った。

「でも、行方不明になってるおばあちゃんは、世話になった人だからな。警察は嫌いだけど、おばあちゃんのためなら協力してやる」

ヒョロロロと、野鳥の鳴く声がこだまする。羽音と木の葉が揺れる音と、枯れ草を踏み分ける僕らの足音が、静かな森の空気を擽っている。柴崎さんが、男性の背中に声を投げかけた。

「行方不明の方と、面識があったんですね」

「ああ。あのおばあちゃんは、十年くらい前まで、この山の麓の町で駄菓子屋さんやってたんだ。俺はガキの頃、その店に行った」

　男性が懐かしそうな口振りで話す。

「当時はおばあちゃんも、まだおばちゃんだった。あの駄菓子屋は、近所の子供の憩いの場だった。十円、二十円の菓子を買って、店の前のベンチで食べるんだ。駆けっこで勝負して、いちばんだった奴には、他の友達が十円ずつ出し合って、ちょっと高めの駄菓子を買ったりしてさ」

　男性の語り口から、僕の脳裏に景色が広がる。やんちゃな子供たちが集うその店で、彼らを見守る駄菓子屋さん。なんとも昔懐かしい、心温まる光景である。

　男性の声が、やや沈んだ。

「でもさ、俺はその中に入れなかった。他の子供が楽しそうにしてるのを、離れたところから見てるだけだったんだ」

「え……」

　僕が神妙な声を出すと、男性は自嘲気味に続けた。

「他の子が買ってる、十円、二十円の駄菓子が、俺には買えなかったんだ」

　頭の中でイメージしていた、駄菓子を食べてはしゃぐ子供たちの光景。幼い頃のこの男性もその中に交じっていると思ったのだが、違った。途端に、思い浮かべていた風景の前に、透明な壁を一枚挟まれたような気持ちになった。

「俺の他にももうひとり、駄菓子が買えない奴がいた。そいつはガリガリの痩せっぽちの、家が貧しい男の子で、お小遣いを貰ってなかった」

男性の声が、森の静けさの中に吸い込まれていく。

彼ともうひとりの男の子にとって、駄菓子屋さんは、見えない壁に阻まれた、手の届かない場所だった。

「でも別に、俺はそれでよかった。菓子を食べるよりも、野山を駆け回って遊ぶ方が好きだったからさ。それに、同じような男の子がいたから、そいつが一緒に遊んでくれれば充分満たされてた」

目の前にいる彼は、やけに山を歩き慣れている。子供の頃から遊んでいたから、詳しいのだろうか。

「それから夏が来て、俺とその痩せっぽちは、近所の子たちがアイスキャンディーを食べてるのを見た。夏になると、駄菓子屋で売りはじめるんだ」

男性が、木の葉の隙間に見える夕空を仰ぐ。

「俺はいつもどおり、『そんなものより山で遊んだ方が楽しい』って思ってたんだけど。友達だった痩せっぽちは、違ったみたいでよ。すごく羨ましそうに見てたんだ。すごく、すごく……」

暑い中で齧る、キンキンに冷たいアイスキャンディー。痩せっぽちの男の子は、それを遠巻きに、指を咥えて見ていた。蝉の声をバックに、透明な壁の向こうを見つめる男の子の横顔は、男性の心までぐらつかせた。

「そいつのせいで、俺まで感化されちまってよ。なんとしてでもアイスを食べてみたくなった。そんでもうひとりの『ひとりぼっち』にも、食べさせたいと思った」

そう言った男性の声は、当時のその瞬間の決心を、もう一度決め直したような色が差していた。

それから、少年時代の彼は、駄菓子屋さんで念願のアイスキャンディーを手に入れた。そして、もうひとりの男の子の元へと届けに走った。

「ソーダ味の、青空色のアイスキャンディーだった。俺はたったひとりの友達と一緒に、それを口に入れた」

男性がゆったりと、当時を懐かしむ。

「痩せっぽちは、最初は驚いてたけど、喜んでくれた。冷たくて甘くて、すーっとしてさ。俺は『この世にはこんなにおいしいものがあるのか』って、世界が広がった」

脳裏に情景が浮かぶようだ。真夏の青空、入道雲。友達と肩を並べて食べる、アイスキャンディー。

「だけど、食べてる途中で駄菓子屋のおばちゃんが来た。そんで俺の襟首を捕まえて、『万引きだ』って。そして町の交番に突き出したんだ」

それを聞いて、お腹を干しているおもちさんは、顔を顰(しか)めた。

「アイス、買ったんじゃなかったですにゃ？」

「僕もびっくりしました」

憧れのアイスを手に入れるまではいいが、その手段が万引きであれば問題である。だが、そのあと男性は、ちらと僕らを振り向いて弁明したのだ。

「だけど彼曰く、きちんと代金を払ったと言うんです」

「むむむ？　では、万引きというのが、お店のおばちゃんの間違い？」

「しかしですね。アイスを手に入れた彼ですが、アイスのためにお小遣いを貯めたのでも、他の子から分けてもらったのでもないそうです」

「にゃん？　して、つまり？」

おもちさんが寝返りを打ち、うつ伏せになった。僕はペンを片手に、おもちさんを見下ろす。

「僕も分かりません」

これは僕自身も柴崎さんも疑問を抱えたまま持ち帰った、ミステリーである。

「言っとくけど、俺はちゃんと金を払った。おばちゃんだって、たしかに受け取ったんだよ」

男性は僕らの苦い表情に向かって、はっきりと言い切った。困惑する僕から再び目を背け、男性は再度、前を向く。

「結局、その話はなんとなく丸く収まって、アイスは駄菓子屋のおばちゃんが俺たちにご馳走（ちそう）してくれた、って形になった」

柴崎さんが、男性の汗ばんだ背中を見つめている。静かに聞いていた彼女は、男性に細かいことは訊ねず、返した。

「その駄菓子屋さんが、今日、行方不明になってる方なんですね」

「そう。そんときに迷惑かけたからよ。詫（わ）びの気持ちも込めて、捜してる」

男性はどうやってアイスを手に入れたのか。一旦はたしかにお金のやりとりがあったのに、なぜあとから万引き犯にされてしまったのか。柴崎さんも疑問に思っただろうが、深くは突っ込まなかった。当事者たちの中でとっくに解決した案件だから、本人が語る以上には蒸し返さないのだ。

「俺をひっ捕まえた、強気で勝ち気なあの人がねえ。この頃はすっかり小さくなっちゃって、山で迷子になるだなんて……」

と、男性が話していたときだ。僕はハッと、足を止めた。

地面の枯れ草に、踏み荒らされた跡がある。木の葉が剥げてぬかるんだ土には、二十センチ程もある足跡が残っていた。五本の指と爪の跡まで、くっきり浮かび上がっている。

「気をつけて。クマがいた形跡がある」

同じ足跡に気づいたのだろう。柴崎さんも、ぴくっと身を強張らせた。男性も立ち止まり、こちらを振り返る。

足跡の周りの泥は乾いていない。クマは、まだ近くにいるかもしれない。

夕暮れの空に鳥の囀りが響く。僕と柴崎さんは神経を尖らせ、周囲に向けて耳を澄ませる。

男性は一時立ち止まっていたが、すぐに飄々とした態度で先を急いだ。

「大丈夫、大丈夫。そんなもん、走って逃げればなんとかなるって」

楽観的に流して、彼はクマの足跡を踏んでいく。僕らは彼を見失うわけにもいかず、あとを追いかけた。

やがて、足場が崩れた崖に出た。下までの高さは三メートル程度だが、下手に降りれば怪我をしそうである。道案内の男性は、その小さな崖を軽々と飛び降りた。

「よっと！　お前ら、ついてこい」

下から呼ばれ、柴崎さんが僕にひそひそ声で言った。

「あの人……おもちさんみたいな体型なのに、意外と身軽ですね」

「おもちさんもあの体型で身軽ですし、なんか、似てるかも……」

そんな会話をしていたときだった。

僕らの背後で、ガサッと、木の葉の音がした。細い枝の折れるパキパキ音も重なる。途端に、緊張感が高まる。

僕らは同時に背後を振り向き、音の出処（でどころ）を探った。柴崎さんが、僕の肩を叩く。

「あそこ」

彼女の視線の先には、低木の茂みがあった。僕らの立っている場所から五メートル程度先で、野イチゴの実が、微かに揺れている。僕は一層、全身に力を入れた。

獣の気配に気づいていないのだろう。崖の下の男性が、悠長（ゆうちょう）な声で僕らを呼ぶ。

「おーい、早く来い」

僕は、柴崎さんと目を合わせた。

「一旦引きましょう。男性にも戻ってきてもらって……」

「そうですね」

と、柴崎さんが言った瞬間だ。

ガサッ、パキパキ、と、低木が大きく揺れた。心臓が、ばくんと飛び跳ねた。僕は柴崎さんを片手で押しのけて、揺れる低木に視線を注ぐ。

「柴崎さん」

僕は小声で、背後の柴崎さんに言った。

「いざとなったら、僕が時間稼ぎするので、道案内の男性をよろしくお願いします」

この至近距離では、走って逃げても追いつかれる。声を潜(ひそ)める僕に対し、柴崎さんはそれなりの声量を出した。

「は？　なにバカなこと言ってるの？」

「戦えというのは冗談だと言ったでしょ!?」

「いざとなったら、です」

「いざとなったらですって！」

最悪誰かが囮(おとり)になれば、相手の気を逸(そ)らせる。その隙に、一般人の男性の身の安全を確保する。

このやりとりの間の数秒で、低木の枝がバキッと太い音を立てた。

「ひゃっ……」

柴崎さんが悲鳴を上げる。僕の心臓が早鐘を打つ。低木の枝を折って飛び出してきたそれに、僕らはぎゅっと身を縮めた。

そしてその姿を見て、絶句した。

足元を擦る程度のサイズの、灰色がかった茶色い毛玉。おもちさんを思わせる、丸みを帯びたフォルム。黒い模様で縁取られたつぶらな瞳が、くりんとこちらを見上げる。

「……タヌキだ」

僕がようやく声を出すと、柴崎さんも、目をぱちぱちさせた。

「タヌキですね。しかもまだ子供。かわいいです」

一気に肩の力が抜ける。僕は大きく息を吐き、そのまま腰から崩れそうになった。柴崎さんがじろりと、いつもの冷ややかな視線を僕に向ける。

「小槇くんはビビりすぎです。木の高さから見ても大きな獣ではないのは想定できました。なにが『いざとなったら』ですか」

「えっ？　柴崎さんだって……」

タヌキだと分かった瞬間、柴崎さんの態度が変わった。僕は不服を申し立てようとしたが、盛大な空振りの恥ずかしさと、クマではなかった安堵、それと柴崎さんの面白ムーブとでいろんな感情が一気に湧いて、どうでもよくなった。

「柴崎さんだって……ふ、あは、ふふ」

「なに笑ってるんです」

そこへ、崖の下からぽこっと、男性が顔を出した。

「遅い！　なにしてんだ。飛び降りるのが怖いのか？　大した高さじゃ……」

それから彼は、僕らの足元にいたタヌキに気づき、おっと感嘆した。

「お前か、どうした？　もしかして見つかったか」

男性が崖を這い上がってくる。タヌキの前に跪いたと思うと、顔を上げて僕と柴崎さんに言った。

「行方不明のおばあちゃん、見つかったぞ」

「へ？」

僕は笑うのをやめて、男性とタヌキを見比べる。今、まるでこの人が、タヌキからなにか聞いたように見えた。いや、いくら野山に慣れた人だからといって、野生動物と心を通わせられるとは考えにくいが……。

そのとき、僕と柴崎さんの無線に通信が入った。行方不明の高齢女性が、山頂付近の岩穴で見つかった、という報告だ。

「よかった、一件落着ですね」

僕が言うと、柴崎さんは僕を一瞥だけして、さっさと来た道を辿った。

「なら早く戻って、他の捜索班と合流しましょう。さらなる行方不明者が出る前に引き上げますよ」

さくさくと戻る柴崎さんに、男性も続く。

「おお、案内する。ついてこい」

彼は柴崎さんを追い越して、僕たちを帰り道へといざなった。

「ふむ、詮ずるところ小槇くんの『面白い話』のオチは」

陽だまりのおもちさんが、再び仰向けになっている。

「ちっちゃなタヌキ相手にフルスイングで空振りしたこと、と？」

「まあ……道案内の男性の話はうやむやになってしまいましたから、着地点はそこになりますね」

僕は報告書を一枚書き上げて、次の書類を手に取った。書類仕事は、片付けても片付けてもすぐ溜まる。

おもちさんが耳の先をぴくぴくっと震わせる。

「では次は吾輩が話す番ですにゃ」

「あ、これターン制だったんですか」

「これは小槇くんがこの交番に来るより、ずっと前。前任の前任の前任くらいの人から聞いた話ですにゃ」

僕に続いて、おもちさんの「面白い話」が始まる。

「その人がかつぶし交番に来る前、別の交番に勤務してたとき。とあるコロンとした少年が、駄菓子屋さんでアイスを万引きした容疑で、交番に連れてこられたですにゃ」

この導入で、僕はペンを持っていた手を止めた。おもちさんが陽の光を見上げ、眩しそうに目を細める。

「少年は駄菓子屋さんのおばちゃんに、代金を払ったつもりだったですにゃ。でも、おばちゃんがあとから確認したら、受け取ったお金が葉っぱに変わっていたのですにゃ」

「ん？　えっ？」

僕は耳を疑った。困惑する僕を尻目に、おもちさんはのんびりと続ける。

「少年は当然、おまわりさんからたっぷり叱られたですにゃ。お金を払ったふりをして、どこかで葉っぱにすり替えるいたずらをしたのだと、たくさんたくさん叱られたですにゃ。お父さんお母さんを呼ぶって言われたりもして、少年は嫌がって暴れたですにゃ」

僕はペンを止めたまま、おもちさんの話に聞き入っていた。おもちさんの短い尻尾が、しゅるっと床を滑る。

「少年と、駄菓子屋のおばちゃん、それからおまわりさんとで、話し合いをしていたところへ、もうひとり、別の男の子が駆けつけてきたですにゃ。その子は少年と一緒にアイスを食べていた、痩せっぽちのお友達」

溶けかけたアイスキャンディーを持って走ってきたその男の子を見て、駄菓子屋のおばさんは、ハッとしたという。

「その子は友達の輪に入れず、いつでもひとりぼっちだった男の子だったそうですにゃ。おばちゃんはその子がひとりで、山でタヌキとばかり遊んでるのを見ていたから、気にかかっていたのですにゃ」

男の子が自分の意志でひとりでいるのなら、それは駄菓子屋さんが干渉することではない。だから彼がひとりでいても、そっとしておいた。

しかしこの男の子は、本当は、クラスの友達と一緒に遊びたかったのだ。

「駄菓子屋さんのおばちゃんは、アイスはおばちゃんからふたりにご馳走したってことにしたですにゃ」

それからも、駄菓子屋さんは、ひとりぼっちの男の子をお店の中から見守った。男の子は店の前にいる別の子供たちに声をかけ、遊ぶようになった。その子はやはりお菓子は買えなかったけれど、他の子供たちもそんな理由で仲間外れにしていたのではなく、単に、この子がひとり遊びが好きなのだと思っていたそうだ。

「そして……葉っぱでアイスを買おうとした少年は、あれっきり姿を現さなかったそうですにゃ。でも時々、近くの山からタヌキがやってきて、子供たちが仲良く遊んでいるのを眺めていたんだって」

おもちさんはゆったりとした語尾でそう話し終え、閉じかけていた目を薄く開いた。

「おしまい」

「……へえ」

僕は小さく感嘆し、数秒してから、すっかり止まっていたペン先を再び書類に向けた。

「木の葉を現金に見せかけて支払いをする行為って、特殊詐欺に当たるんでしょうか？」

「さあ。吾輩は難しいことは分からないですにゃ」

おもちさんはくてっと頭を寝かせて、丸めていた前足を開いた。四本の足、全ての肉球が露出する。

なんて不思議な話だ。僕は山で出会った、ぽんぽこしたお腹の男性を思い浮かべた。こういうとき「狐に化かされる」という表現があるが、この場合は、狐というか……。

「ありがとうございます、おもちさん。おかげさまで目が覚めました」

「お役に立ててなによりですにゃ」


山狩りの日の、解散時。

夕日の沈む山の中、草むらを踏み分けていくタヌキの後ろ姿があったのを、僕はしっかりと覚えていた。

かつぶし交番連続盗難事件？

事件は白昼堂々、それも交番の中で発生した。

その日僕は、昼休憩中に交通事故の通報を受けて出動し、それから交番に戻ってきた。食べそこねたデザートにようやくありつけると思ったのだが。

「あれっ？　おもちさん、ここにあったプリン知りませんか？」

「お惣菜のはるかわ」数量限定新メニュー、カスタードプリン。今日のデザートのつもりで楽しみにしていたのに、目を離した隙に忽然と姿を消した。出かける前まではたしかに、デスクの上にあったはずなのにだ。

キャビネットの上で香箱座りをしていたおもちさんが、僕を見下ろす。

「知らないですにゃー」

やけに白々しい態度である。僕はデスク周辺をきょろきょろと見回した。プリンは見当たらない。出動前に無意識のうちに冷蔵庫に入れたのかとも考えたが、入っていない。

「困ったな……春川くんから、感想求められてたのに」

限定新メニューのあのプリンは、評判が良ければ定番メニューに入れる予定とのことで、今はいわばお試し期間中だ。だというのに、食べて感想を持つ前に紛失してしまうとは。

プリンはプラスチック容器に入っていて、蓋の上には使い捨てのスプーンも重ねておいていた。その状態でデスクにあったとまではっきり記憶しているのに、一体どこへ消えたのか。

フロアをうろうろと歩き回る僕を、おもちさんが高いところから見物している。

「どうですにゃ、小槇くん。おやつがなくなる気持ちは」

「とても悲しいです」

「小槇くんもたまには、おやつを失う側の気持ちを味わっておくべきですにゃ」

「お言葉ですが、僕はおもちさんのおやつを横取りしてはいませんよ。一時的にお預かりしてるだけです。塩分とカロリーを調節しながら、きちんと賞味期限内にお返ししてるじゃないですか」

カウンターの上では、ケセランパサランが暖かな日差しをたっぷり浴びている。僕はその前を横切って、交番じゅう、隅から隅までプリンを捜す。

全然見つからない。あとから古くなった姿で発掘されたらと思うと胸が痛むが、仕方がない。先程の事故の報告書類が優先だ。

と、諦めてデスクに戻ったときだった。

「あれ!?」

先程までなかったはずのプリンが、戻ってきている。しかし、変わり果てた姿で。

正確には「プリンが入っていた容器」だ。プラスチックの蓋が剥がされており、中はきれいになくなっている。物悲しく寄り添う使い捨てのスプーンには、ちょこっとだけプリンの欠片が付着していた。

「さっきまでなかったのに……しかも食べられてる」

呆然とする僕の斜め上では、キャビネットに乗ったおもちさんが大欠伸をしている。

プリンの空容器は、数分前まではここにはなかった。そして、僕はプリンを食べていない。

交番の中を、改めて見回す。誰かが僕のプリンを食べたのだ。だが、今は僕とおもちさんしかいない。

「もしかして……」

僕は空っぽになった容器を見下ろし、神妙（しんみょう）に呟いた。

「もしかして、僕が自分で食べた？」

食べた記憶は全くないが、消去法で、自分しかいない。

おもちさんは、僕に焼き目模様の背中を向けて、いつの間にか寝息を立てていた。

翌朝、交代にやってきた笹倉さんは、僕に訊ねた。

「なあ小槇。給湯室にあった饅頭、食ったか？」

「いえ、食べてません」

「そうか。前の当直のときに置き忘れてよ。今見たら、なくなってたからさ」

笹倉さんの言葉で、僕は昨日昼のプリン消失が脳裏を過ぎった。笹倉さんは饅頭の行方をさほど気にしていない。

「ほっといても昨日で期限が切れてたから、食べてもらえたならそれでもいい」

「僕じゃないですからね？」

「かといって柴崎なわけねえだろ。あいつが他人のものを食うわけない。小槇なら……悪気はなくても、ぼけっとしてて食うかもしれない」

あまり気にしていないと思ったら、笹倉さんは被疑者の目星をつけていたのだ。全く身に覚えがない僕は、首を横に振って容疑を否認した。

「僕じゃないですよ！　饅頭があったのすら知りませんでした。そうだ、僕も昨日……」

食べようとしたプリンがなくなった、と言いかけて、言葉を呑んだ。流石にそれは、状況から見て僕以外に食べる人がいない。間違いなく、笹倉さんも柴崎さんも犯人ではない。

笹倉さんの饅頭についても、笹倉さんと僕の間に柴崎さんの当直があったが、彼女が食べたとは思えない。そこは笹倉さんの考えに同意である。だが僕だって、プリンも饅頭も食べていない。

ぽてぽてと足音が聞こえてくる。給湯室の手前を、おもちさんが通り過ぎた。

なんだか徐々に、自分の記憶に自信がなくなってきた。プリンを食べたような気がしてきたし、もしかしたらなにかすっとぼけて、饅頭にも手を付けたのかもしれない。

笹倉さんはおもちさんの尻尾を一瞥して、饅頭の件を切り上げた。

「気にしなさんな。おやつがなくなった程度で怒るのなんか、うちの交番じゃおもちさんくらいだ。寛大な俺は、今度はお前と柴崎の分まで饅頭を買ってきてやろう」

「ええと……はい、すみません。ありがとうございます」

認めたくはなかったが、なにやら示談(じだん)が成立したので、僕もこれ以上喚(わめ)くのはやめた。

しかし僕のプリンと笹倉さんの饅頭紛失は、これから起こる事件の序章に過ぎなかったのだった。

さらに後日。僕に仕事を引き継いだ柴崎さんが、交番をあとにしようとした、朝のこと

だ。柴崎さんが私物の鞄を探り、首を傾げている。僕は書類の端を整えつつ、訊いた。

「なにか捜してるんですか？」

「チョコレートです。持ってきたつもりだったんですが、どこに置いたか忘れてしまって」

しばらくして、柴崎さんが給湯室でチョコレートの箱を発見した。黒い箱に入った粒状のビターチョコレートで、ひと粒だけ食べられている。あとは箱に戻してあった。

柴崎さんが怪訝な顔で、開封済みのチョコレートの箱を鞄にしまう。

「開けた覚えがない……」

プリン、饅頭と続いて、今度はチョコレート。

夜勤の眠気で判断力を失い、無意識に食べた？　そうだとして、こんなに連続するものだろうか。これまでだってずっと同じ環境だったのに、ここ数日で唐突に、似たような件が集中しすぎではないか。

柴崎さんが、床で溶けているおもちさんの隣にしゃがんだ。

「おもちさん。私がいつチョコレート食べてたか、覚えてます？」

「吾輩、なーんにも見てないですにゃ」

柴崎さんに背中を向けて、おもちさんはうとうとと微睡(まどろ)んでいる。僕はしばらく黙っていたが、やがて意を決して、口を開いた。

「実は僕も、食べた覚えがないプリン、空っぽの容器だけ見つかったんです」

信じてもらえないかもしれないが、僕はあの出来事を告白した。

「現場に出かけて戻ってきたら、置いた場所からなくなってました。そして捜しているうちに、容器だけがデスクに戻ってきたんです」

柴崎さんがちらりと、こちらに顔を向ける。

「自分で食べたのでは？」

「やっぱそう思います？」

そうとしか考えられないのだが、まだ釈然としない。味の評価を求められているプリンを無意識に食べて、味を覚えていないなんて、信じられない。そのときの僕は覚醒していて、ぼんやりしていたわけでもない。

柴崎さんは少し考えて、おもちさんの背に手を乗せた。

「でも私も、チョコレート、食べた記憶がありません」

その夜、僕の飴が消失した。署の会計課に書類を届けにいったとき、そこの先輩が分けてくれたものだ。休憩室に置いたはずが、しばらくしたらなくなっており、包み紙がゴミ

箱に入っていた。

　さらにその数日後、笹倉さんが僕と柴崎さんに置いていった饅頭が、ふたつとも、僕らが食べる前に消えた。笹倉さんが当直を終え、翌朝、柴崎さんに引き継ごうとした時点で、すでになくなっていたそうだ。

　そしてさらにさらに、いよいよ夏が近づいてきた蒸し暑い日。地域課の課長から貰った旅行のお土産のクッキーが、一枚残らず食い尽くされた。

　ビリビリに破かれた包装紙に、無造作に放置された箱の蓋。床に落ちている青い付箋(ふせん)には、僕の字で「課長からのお土産です」と書かれている。

　空っぽになった箱を見つめ、笹倉さんが唸った。

「流石に、土産物のクッキーひと箱全部というのは……蛮行(ばんこう)が過ぎるんじゃないか？」

　饅頭の件はすんなり水に流した笹倉さんだったが、今回は、眉間(みけん)に深い皺(しわ)を刻んでいた。

　クッキーは十二枚入りだった。いくらぼんやりしていたとしても、ひとりで全部食べてしまうなんて考えられない。

　僕を疑っていた笹倉さんも、同じように考えたみたいだ。彼は神妙な面持ちで、僕の顔を見た。

「すまんな小槇。お前さんはこんなことはしない」

「そうですよ。饅頭だって、食べてませんからね」

やっと疑いが晴れた。僕は破かれた包装紙と空箱をまとめて、それを片付けに事務室に戻った。笹倉さんも後ろからついてきて、僕の背中に呟く。

「お前さんじゃなかったら、もっとまずいんだけどなあ」

ぴたりと、体が強張る。そのとおりだ。犯人が僕でも笹倉さんでも柴崎さんでもなければ、他の誰かということになる。

僕ら交番勤務の警察官以外にも、署の職員や、仕事で関わる関係者も、事務室に入る場合はある。でも少なくともここ数日、プリンが消えた日以降、僕が当直だった日に事務室に来客はなかった。あったとしてもその人たちが他人のおやつを食べ散らかすとは思えない。

僕と笹倉さんは、同時に口を開いた。

「つまり、外部からの侵入……」

「おもちさんだな」

声が重なったが、僕の方は途中で途切れた。

おもちさん？

「あの、笹倉さん。おもちさんが僕らのおやつを食べたと？」

笹倉さんの話し方は、時々本気なのか冗談なのか、判別が難しいときがある。まさか本当におもちさんを疑っているわけではない、と思いたいのだが、笹倉さんの目は案外真剣である。

「お前じゃねえならおもちさんだろうよ」

「真剣に考えましょうよ。外部から何者かが荒らしに入ってるかもしれないんですよ」

「そうだったら報告書を出さなきゃならねえ。面倒だ。俺は書類書きが嫌いなんだ。おもちさんのせいであれば、内々で処理できる」

やはり、本気なのか冗談なのか、よく分からない。笹倉さんがゆっくりとまばたきをする。

「まあ考えてもみろ。菓子が消失したときには、共通しておもちさんがいる」

それは、たしかにそうだ。僕ら人間は当番制で代わる代わるやってきているが、おもちさんだけは、毎日いる。

僕は事務室を見回した。おもちさんの姿はない。別の部屋で寝ているのか、或いは外へ散歩に出かけているのだ。

おもちさんは、食べることが大好きである。太り過ぎが心配で、僕がおやつの管理をしているほどだ。そんなおもちさんなら、僕たちがおいしそうに食べているものが目に入れば、自分も欲しくなってもおかしくない。

僕がプリンの行方を訊いたときも、柴崎さんが質問したときも、おもちさんはなんとなく、なにか知っていそうな態度で白を切っていた。

しかしだ。食い意地の張っているおもちさんだが、流石に人間のおやつまで食べてしまうとは考えにくい。今のところ、おもちさんが人の食べ物を欲しがった例はない。

それに、僕のプリンの残骸は、蓋を開けた上でスプーンを使って食べた形跡があった。

「仮に人の食べ物に興味を持ったとしても、おもちさんの前足では、スプーンを使うのは難しいはずです」

僕のそれを聞いても、笹倉さんは頷かない。

「甘いぞ小槇。単なる猫ならいざしらず、おもちさんだ」

彼は真剣な眼差しで僕を射貫いた。

「おもちさんは言葉を話す。猫のように見えるが、猫ではないのかもしれない」

「猫じゃないなら、なんなんでしょうか」

「例えば、だ。猫の肉体はあくまで依代。本体は、そこに宿る霊的な存在で……」

笹倉さんの仮説を聞きながら、僕は去年の夏を思い出した。この人は以前にも、河童が実在する前提で、キュウリ泥棒の犯人を推理していた。笹倉さんは、こういう話が好きなのである。

「猫の体を抜けた霊体が、小槇の体に憑依。小槇の体を使って、プリンを食べた。乗っ取られている間は小槇に自我がないとしたら、不可能じゃない」

面白いけれど、現実的ではない。僕が苦笑するのを横目に、笹倉さんがニヤリとする。

「『またこのおっさんはバカ言ってやがる』って顔してるな？　だがな小槙、真実は目に見えるとは限らない。猫が喋ってるのだって、最初は『ありえない』と思っただろ」

「それを言われると……」

おもちさんは他の猫とは違う。おもちさんという存在に、僕らもまだ知らない領域があってもおかしくはない。

もしも、笹倉さんの推理が正しいのだとすると。事故の現場から戻ってきた僕は、知らないうちにおもちさんに体を借りられて、プリンを食べてから、意識を戻された。そしてプリンを捜している間にまた体を乗っ取られ、デスクに空容器を置いた。僕自身は現場への臨場から空容器を見つけるまで、全部意識が繋がっている自覚があるのだが、途切れている記憶の繋ぎ目まで操作されているとしたら……。

信じられないが、絶対にないともいえない。

僕は、おもちさんに乗っ取られた自分を想像してみた。姿かたちは自分のまま、ふてぶてしくおやつを食べて昼寝して、「ですにゃ」などと言っていたのだろうか。

「嫌だなあ。その様子を町の人に見られていたら、どうしよう……」

「大丈夫だ。この仮説が正しいとすれば、俺と柴崎も同じ目に遭っている。皆同じなら、恥ずかしくないぞ」

笹倉さんが僕の肩を叩く。僕は目を伏せ、考えた。

「憑依されたのだとしたら、肉体は人間のものなんですよね。チョコレートは猫にとっては猛毒だけど、食べた体が人間だったら、安全ですね」

「そうだな。おもちさんは猫の体では味わえないおいしいものを、俺たちの体を使って体験してるのかもしれん」

なんだろうか、にわかに信じられない話だが、おもちさんならやりそうである。

やりそうではあるが、ひとまず、この仮説は置いておく。

「事務室の監視カメラを見てみませんか？　おもちさんに乗っ取られたんだとしたら、おやつを食べてる僕らの姿が映ってるはずです」

「おっ！　そうだな」

笹倉さんが手を叩く。

かつぶし交番には、中の事務室を映した監視カメラがある。饅頭とチョコレートとクッキーは給湯室、飴は休憩室だったが、僕のプリンに関しては現場が事務室である。また、この件は発生した時間帯もはっきりしているから、映像を確認しやすい。

僕と笹倉さんは、事務室に設置されたカメラのデータを、パソコンのモニターで再生した。

まさかおもちさんに体を乗っ取られただなんてないだろうから、犯人は別にいるはずだ。単におやつがなくなるだけならともかく、問題はそこではない。僕らが気づかないうちに、外から侵入者が入っているのが問題なのだ。犯人の真の目的が食べ物ではなく、事務室にある資料、パソコンに入っているデータなどであれば、一大事だ。

笹倉さんが椅子に座って、僕は中腰になって横から画面を覗き込んでいた。その背中にドカッと、重たいものが降ってくる。その衝撃で、僕は思わず呻いた。

「うぐっ！」

顔だけ振り向くと、背中におもちさんが乗っている。いつの間にか事務室に戻ってきていたようだ。僕の背中をよじ登って、肩に顎を乗せてくる。

「なに見てるですにゃ？」

「カメラの映像です」

僕の頬におもちさんの頬がくっついた。おもちさんも一緒に、映像を見ている。

カメラの映像には、キャビネットの上で寝そべるおもちさんと、デスクにいる僕が映っている。現場へ出る直前の僕は、「お惣菜のはるかわ」で買ったお弁当を食べており、その脇にはたしかに、プリンがあった。

プリンに手を伸ばした途端に電話が鳴り、僕はプリンに触れる前に応答し、現場へと向かった。僕がいなくなった室内では、おもちさんが昼寝をしている。プリンはその場に鎮座したままだ。

と、突然、プリンが動いた。

「えっ!?」

「おお？」

僕と笹倉さんは眼を瞠る。プリンは浮かんだようにも見えたし、デスクから転げ落ちたようにも見えた。プリンが画角から消える。カメラの位置は定点であり、プリンのその後の行方は分からない。

しばらくすると、僕が戻ってきた。事故を起こしたドライバーふたりとともにやってきて、書類のやり取りをし、一連の過程を終えて、彼らを見送る。そしてプリンがないことに気づいた。

画面の中のおもちさんが目を覚まして、捜し回る僕を眺めている。そして僕が別室を調べに行っている隙に、プリンの空容器がひょこっと出現し、デスクに置かれた。

笹倉さんが、顎を触りながら呟く。

「乗っ取られてなかったな。プリンの移動は、いずれも小槙不在時だ」

「おもちさんも、ずっと映ってましたね。起きてたときもあったし、霊体が抜けてる感じじゃない」

僕が言うと、おもちさんは「にゃ？」と喉を鳴らした。

「吾輩、疑われてたですにゃ？」

「アリバイがないし動機があるし、いちばん怪しいからだよ」

笹倉さんはそう言って、映像を巻き戻した。プリン移動の瞬間は確実に映っているものの、肝心の被疑者が映らない。この当時プリンを捜していた僕は、建物の中を隈なくチェックしている。だが、その間に怪しい人物を見つけたりはしなかった。確実に、なにかが潜んでいるのにだ。

カメラを見れば真相が明らかになると思ったのに、却って謎が深まった。笹倉さんが呆れ顔で僕を睨む。

「小槙、なんでプリンのスプーン捨てたんだ。遺留ＤＮＡを鑑定にかければ、重要な証拠品になりえたってのに」

「すみません。こんなことになるとは思わなくて」

「あーあ、警察が証拠を隠滅した。不祥事だ不祥事だ」

笹倉さんが冗談半分に僕を責める。僕だってプリンを盗られた被害者でもあるのに、理不尽だ。

僕は顔を傾けて、肩に乗っているおもちさんに訊ねる。

「おもちさん、プリンを持ち去った人、見てますよね？」

僕がプリンを見失った当初、おもちさんはまるでそうなるのが分かっていたかのような態度だった。映像を見る限り、空容器が戻ってきたタイミングには起きているし、おもちさんなら、カメラに映らなかった犯人が見えているはずだ。

だというのに、おもちさんはそっぽを向いた。

「知らにゃい」

「知らにゃくないでしょ。もう、緊急事態なのに……」

おもちさんは僕たち人間に友好的だが、協力的ではない。どこか一歩退いて見ているというか、僕らと不可解な現象両方に対して、中立の立場にいる。

僕はおもちさんに訊くのはやめて、考えた。

「柴崎さんのチョコレート、どうしてひと粒なくなっただけだったんだろう」

「ん？」

笹倉さんが目を上げる。僕はこれまでの案件を振り返った。

「プリン、饅頭、飴、それとクッキー。いずれもきれいに平らげられてるのに、チョコレートだけは、ひと粒だけ食べられて、残りは取っておいてあったんです。これって、なにか意味があるんでしょうか？」

「お、いいところに気づいたな」

チョコレートも一連の事件のひとつに見えるが、それに関しては例外である。

風で窓がカタカタと鳴る。笹倉さんはデスクに頬杖をついた。

「他と同じのようでいて、一件だけ被害の規模が小さい。犯人が自分自身も被害者であるかのように装って、疑いの目を避けようとしているパターンに見えるが……柴崎はやってないから、その線はない」

「となれば、犯人は柴崎さんを特別扱いしてる。或いは、他の観点でなにか理由があった」

饅頭やクッキーは、柴崎さんへの分もあったから、恐らく「所有者」は関係ない。笹倉さんが虚空を仰ぐ。

「さて小槇。なぜチョコレートだけ例外的扱いとなったのか？　このチョコレートの、他の案件との違いはなんだと思う？」

問いかけられた僕は、頭の中でチョコレート事件の特徴を挙げた。発見場所は給湯室、消える前までどこにあったかは不明、犯行時刻は、柴崎さんが当直に入った朝から翌朝まで。入れ代わりに来た僕がいた時間とも重なっている。いろいろ考えてみたが、他の案件も同じ特徴ばかりで、チョコレートだけが特別だった理由が思い当たらない。

真剣に考える僕を、笹倉さんがじっと眺めている。肩の上でおもちさんが欠伸をする。

やがて笹倉さんが、時間切れを告げた。

「小槇、今日はもう上がれ。署の方に持ってく書類あるだろ」

促（うなが）された僕は、素直に頷きつつも、まだ画面の中のカメラの映像に目を向けていた。真相が気になって仕方ない。しかしやるべき仕事がある以上、指示に従うしかなかった。

その翌日、僕は寮からかつぶし町へ出かけ、商店街で買い物をしていた。町の書店で本を買って、帰り道を歩いていると、物陰からひょこっと、猫が顔を出した。丸くて白い顔に、茶色の模様。僕はあっと声を出す。

「おもちさん。お散歩ですか？」

近づいてみて、気づく。よく見たら顔と背中の模様の色が違う。少しだけ色が焦げている、おこげさんだ。おこげさんは僕を見上げており、近づいても逃げなかった。

こんなに近くで顔を見たのは初めてだ。模様だけでなく、瞳の色もおもちさんと微妙に違う。おもちさんの目は暗めの黄金（こがね）色だが、おこげさんの目はそれより緑がかった、榛（はしばみ）色をしている。

しゃがんで手を差し出してみる。おこげさんは僕を観察して、やがて指に顔を擦りつけてきた。人馴れしていて、かわいい。

しかしおこげさんは、急にぴくっと耳を立て、僕の手を逃れて路地裏へと去ってしまった。

「あっ、おこげさ……」

呼び止めようとする僕の背後で、聞き覚えのある声がした。

「あれ？　この間のおまわりさん？」

そこにいたのは、明るい髪色のポニーテールの女性だった。瞬間、交番のカウンターに置いたケセランパサランが脳裏に浮かぶ。

「日生さん！」

「わっ、覚えてるんだ。すごい」

彼女、日生あかりさんは、嬉しそうに目を丸くした。日生さんと会うのは、ケセランパサランの件以来だが、印象深かった彼女は記憶に残っていた。それよりも、制服姿ではない僕をそのときのおまわりさんだと認識できた日生さんの方がすごい。

彼女は無邪気な笑顔で問いかけてきた。

「こんなところでしゃがんで、なにしてたんですか？」

「おもちさんにそっくりな猫がいたから、触らせてもらってました」

「おもちさんって、交番の猫ちゃんですよね。あの子に似てる猫がいるなんて、知らなかった。私も見たかったな」

日生さんはおこげさんが消えた路地裏を覗き込み、そして再び僕に向き直った。

「あれから、ケセランパサラン大きくなりました？」

「なったような気がします」

「ふふ。手間をかけると、かわいく感じるでしょ」

日生さんが、我が子を自慢するような面持ちになる。

あの麗らかな春の日、日生さんはこのかつぶし町に引っ越してきたばかりだと話していた。あれから一ヶ月以上経っている。

「この町での生活には慣れました？」

僕が訊くと、彼女はにこにこと楽しそうに答えた。

「そうですね、とっても心地よいです！　最近は商店街のお店を覚えてきて……そうだ、交番の傍のお惣菜屋さん、あそこの揚げ物すっごくおいしいですね！」

「はるかわさんね。そうなんです、僕もあのお店、大好きなんです」

「少し前に、数量限定でプリン置いてましたよね。おまわりさん、食べました？」

そのなにげない質問に、僕の笑顔は引き攣った。数量限定のプリンは、ついに食べられないまま、売り切れてしまった。

「買ったんですが、交番に置いてたらいつの間にか誰かに食べられちゃって……」

「あはは。おまわりさん同士でも、そういうことあるんだ。デザートには名前を書いとかないと」

日生さんはおかしそうに笑って、それから懐かしそうに話した。

「私も子供の頃、冷蔵庫に入れていたフルーツヨーグルトを食べられちゃったことがあります。そのとき、おじいちゃんが言ってました」

日生さんの瞳が、僕を見上げる。

「『甘いお菓子がなくなったときは、座敷童（ざしきわらし）の仕業（しわざ）だぞ』って」

「座敷童？」

僕はつい、日生さんの言葉を繰り返した。

座敷童といえば、子供の姿をした妖怪で、取り憑いた家を裕福にする……という、民間伝承である。日生さんは、こくんと頷いた。

「私の地元は、ケセランパサランをはじめ、古い言い伝えがまことしやかに語り継がれてる地方なんです」

「ああ、それで座敷童ですか」

「座敷童は甘いお菓子が大好きなんだって。だからなくなったのが甘いものなら、それはきっと、座敷童が食べちゃったんです。座敷童は、居心地がいい家にはずっといて、家を豊かにしてくれる。お菓子を食べてもらえたなら、おもてなしできたようなもの。ありがたいことなの」

まったりと語る日生さんを見て、僕はなるほどと感嘆した。お菓子を失っても、それはかわいい座敷童へのプレゼントになったのだと考えれば、気持ちが上向きになる。自分ではなくとも、他の誰かがおいしく食べたのなら、まあいいかと思える。心の広い考え方だ。

監視カメラの映像を思い浮かべる。プリンがなくなった瞬間は捉えていても、犯人の姿は映らない。建物の中にも、潜む人は見つけられなかった。座敷童は、大人の目には見えないらしい。そういう、僕らの常識を超える者の仕業だとしたら、この奇妙な現象もちょっと納得できてしまう。

楽しげだった日生さんが、今度はむくれた。

「でもね、私のヨーグルト、座敷童じゃなくっておじいちゃんが食べてたんです！　まあそれは、おじいちゃんが毎日食べてたヨーグルトの近くに置いて、紛らわしくしてた私が悪いんだけど」

「おじいちゃん、自分が食べたのに座敷童のせいにしたんですか」

僕がくすっと笑うと、日生さんも再び笑った。

「そうなんです！　一旦は誤魔化そうとしたみたいなんだけど、結局罪の意識に苛まれて白状して、同じヨーグルトを買ってきてくれました」

そして日生さんは、ポニーテールを揺らして小首を傾げた。

「それと。実ははるかわさんのプリン、私も食べそこねました。買おうとしてたのに、売り切れちゃった」

「わあ。お気持ちお察しします」

プリンを食べそこねた者同士、僕は妙に彼女に同情した。

「でも大丈夫ですよ。プリンは評判次第で定番メニュー化します。あれだけおいしそうなプリンだったんだから、そのうちまた、買えるようになりますよ」

根拠もなく断言する僕に、日生さんはにこりと目を細めた。

その次の日。僕の当直日が回ってきた。僕はひとつの仮説を立て、その立証実験を始めた。カウンターのケセランパサランの隣には、コンビニで買ったエクレアが、わざとらしく置いてある。

これは囮作戦だ。監視カメラに映りやすい場所にエクレアを設置し、犯人を誘い出すのである。

おもちさんは相変わらず、知らんぷりしている。今は僕の足元、事務椅子の傍らに座って、後ろ脚をぴんと伸ばして毛づくろいしている。

昼の間、エクレアに動きはなかった。わざとらしすぎて警戒されているのかもしれない。そのまま夜が来て、今に至る。僕は、デスクに置いた眠気覚ましのレモングミを、ひと粒口に放り込んだ。そして、昨日の日生さんの話を思い出す。

犯人は座敷童――というのはいささか非現実的すぎるが、「甘さ」が鍵という可能性は捨てきれない。柴崎さんのチョコレートの被害がひと粒で済んだのは、苦みの強いビターチョコレートだったから、かもしれない。

僕は一旦給湯室に赴き、そして、うわっと声を上げた。床にお菓子が散らばっている。しかしそれはこれまでのようなお菓子ではない。猫用ボーロや猫用ビスケット、猫用ゼリー……戸棚にしまってあった、おもちさんのおやつだ。

おもちさんは、自分では戸棚を開けられない。だからここに隠したのに、荒らされている。未開封だったパッケージが破られて、中身はひと口ずつ食べられていた。

猫用のペットフードにまで手をつけるだなんて、犯人は本当に人間なのだろうか？　元から謎だった犯人像が、一層謎めいてきた。

僕の声を聞きつけたのか、単に通りすがっただけなのか、おもちさんが給湯室にやってきた。

「小槇くん。吾輩、今日のおやつを……」

そして床に落ちている自分のおやつに気づき、ぶわっと毛を逆立てた。

「わ……吾輩のおやつが！」

怒り毛のおもちさんは、丸い体がいつも以上にまん丸くなって、尻尾まで爆発している。未だかつて見たことのない程膨らんだおもちさんは、ころころと転がるようにして給湯室を飛び出した。

「もう怒ったですにゃー！　許すまじですにゃー！」

「おもちさん、どこへ!?」

僕も給湯室から出て、おもちさんを追いかける。こんなに興奮していてはなにをしでかすか分からない。僕は、膨らみすぎた餅になってしまったおもちさんを、腰からがしっと取り押さえた。

「落ち着いてください」

「放すですにゃ！　これまでは吾輩のおやつは盗られなかったから、大目に見てあげたのに。恩を仇で返すとは！」

やっぱり、おもちさんは犯人を知っている。おもちさんはフーッと唸り声を上げ、牙まで覗かせていた。

「小槇くん、おまわりさんなんだからあの子を捕まえるですにゃ！」

「これまで全然、捜査に協力してくれなかったくせに」

自分が被害者になった途端、態度が変わった。気まぐれなのは、猫だから仕方ない。僕はおもちさんの毛と肉に指を食い込ませ、訊ねた。

「おもちさんは犯人をご存知なんですね。誰なんですか？　町の人ですか？」

「町の人、否、町の住民ではあるですにゃ。あの子は前に笹倉くんからおいしいものを貰って、懐いているですにゃ」

おもちさんは、膨らんだ尻尾をふりふり揺らした。

「交番においしいものがあると気づいて、いたずらしてるですにゃ。あの子が遊びに来た家は福が舞い込む故、怒られるどころかありがたがられるですにゃ。だから交番でも、同じことをしてるのですにゃ」

再び、僕の頭に日生さんの思い出話が蘇る。おもちさんは、もこもこに膨らんで怒りを滲ませていた。

「悪いものじゃないからと、吾輩、放っといてたのに。吾輩のおやつを荒らすのなら話は別ですにゃ」

「悪いもの、じゃないんですね？」

まさかそんなと疑いつつも、僕はおもちさんに確認する。

「機密書類とか、データとか、盗みに来てるわけじゃないんですね？」

「そんなもの、食べてもおいしくないですにゃ」

おもちさんがこう言っていると、根拠もないのに「そうか」と納得してしまう。

と、そこへ、絹を裂くような悲鳴が響き渡った。

「キャー！」

「わっ！　なに⁉」

僕が顔を上げて身を硬くしたとき、その隙に、おもちさんが僕の手をするんと逃れた。

「現れたですにゃ！　お覚悟！」

おもちさんが事務室にすっ飛んでいく。いつになく素早いおもちさんに、僕も慌ててついていく。

そして事務室の椅子の脇、床に倒れたその子を見て、僕は目を点にした。

小学校低学年くらいと思しき、小さな女の子だ。桜色の小袖に、おかっぱ頭。そしておしりには、白い尻尾。狐のそれは、ぴんと伸び切って毛先を聳やかしている。

柔らかそうな手のひらには、僕が眠気覚まし用に持っているレモングミのパッケージがあった。

「あっ！　それかなり酸っぱいよ」

今更忠告しても遅かった。彼女は口に含んだグミの刺激に驚いて、目に涙を浮かべて悶絶している。

おもちさんが彼女の前でわなわな震えた。

「ついに追い詰めたですにゃ、おあげちゃん、おあげちゃん」

狐の尻尾を持つ少女、おあげちゃん——僕は以前、この子に会ったことがある。小学生の真奈ちゃんが行方不明になったとき、真奈ちゃんは神社で、この子と遊んでいた。あのとき、この女の子は、姿を消したり見せたり社の上に瞬間移動したり、不思議な動きで僕を翻弄していた。姿を見たのは、あれ以来だ。

「追い詰めた……って、おもちさん、なにもしてないじゃないですか」

僕はおもちさんがおあげちゃんを引っ掻いてしまわないよう、そっとおもちさんを抱き上げる。

「おあげちゃん。今までいたずらしてたのも、君だったの?」

「……甘いの、おいしかったのー」

口を押さえていたおあげちゃんが、涙目を僕に向ける。一連の怪事件が、まさかの形で解決した。

おやつを食べにやってくる彼女は、おいしそうに見えたものは見境なくつまみ食いしていたのだろう。苦いチョコレートや、猫用おやつまで食べてしまい、眠気覚まし用レモングミにも手を伸ばしてしまった。レモングミの刺激に驚いた彼女は、ついに文字どおり尻尾を出したのである。

おあげちゃんはしゅんと尻尾を下げて、立ち上がった。下を向いて、小さな歩幅で歩いていく。引き戸を開けて出ていこうとする彼女に、僕は声をかける。

「待って、怒ってないよ」

「吾輩は怒ってるですにゃ」

おもちさんがなにか言っているが、僕は相手にしなかった。カウンターに置いてあったエクレアを手に取り、おあげちゃんに差し出す。

「これ、あげる」

どうやらこの子は、おもちさんに引けを取らない、縁起のいい女の子らしい。酸っぱいグミで懲りて来なくなってしまったら、勿体ない。

おあげちゃんは涙ぐんだまま、両手でエクレアを受け取った。しょんぼりしていた尻尾が、少しだけ元気になる。

「ありがとなのー」

エクレアを抱えて去っていく彼女は、交番を出たらすぐ、夜の暗闇に溶けたかのように姿を消した。

あれから数日。僕たちのおやつが突然消える事件は、ぱったりと途絶えた。かといってあの子が来なくなったわけでもない。カウンターに「あの子用」のお菓子を置いておくと、いつの間にかなくなっているのだ。

あの子はまだ、ここに遊びに来ているらしい。笹倉さんと柴崎さんには、僕からはなにも説明していない。でもおもちさんが愚痴を零したらしく、ふたりとも、もう犯人を追おうとはしていない。むしろふたりも、「あの子用」おやつを用意しているようだ。僕と同じように、カウンターのケセランパサランの横に、お菓子を置いているときがある。

未だに怒っているのは、おもちさんくらいのものである。

「いくら福を招くといえど、他人のものを食べていいわけがないですにゃ！」

「まあまあ。この頃は人のを食べるんじゃなくて、僕らが与えてるんですし」

僕はおもちさんの背中を撫でつつ、苦笑いした。

「おいしいものをお裾分けできたと思えば、光栄じゃないですか？」

「むー！　では吾輩もおやつ頂戴ですにゃ！」

「いっぱい貰ってるでしょ。もう、どれ食べますか？」

僕たちかつぶし交番の警察官は今日も、おもちさんとあの子の両方に、おやつを配る。

そして、おもちさんに体を乗っ取られたのではなくて良かったと、しみじみ安堵するのだった。

刑事課の北里さん

その取引は、人目に気をつける。事前に合図を送り、あとからひっそりと、ブツの受け渡しを行う。

自販機の陰に座るその男は、こちらに一瞥もくれずに問うた。

「何グラム？　前回より量を増やすか？」

男が抱えていた鞄を開ける。中にはジッパー付きの袋に小分けにされた、粉。その光景を前にすると、全身にぞくりと鳥肌が立つ。

「いえ……あまり高頻度で使うと、効果が薄れるので」

「ふっ。よく分かってるじゃねえか。初めて来たときは、『なんにも知りません』って顔してビクビクしてたのに」

短髪に薄い眉、三白眼。絵に描いたような強面(こわもて)に残る、大きな傷跡。彼は鞄から、粉の袋を取り出し、僕に突き出す。

「おもちさんによろしくな」

「はい。ありがとうございます」

僕は彼から、粉末のマタタビを受け取った。

かつぶし交番を所轄する東こざかな署、その喫煙所。僕の十個歳上の刑事、薬物銃器対策係の北里護（きたざとまもる）さんは、「取引」の場所をここと決めている。

「あの……マタタビのやりとりをするのに、どうして課の皆さんの目を気にするんですか？」

ひそひそやっていると、なんだか悪いことをしている気持ちになって居心地が悪い。僕が訊ねると、北里さんは怖い顔をもっと怖くした。

「このネタで何度もいじられる俺の気持ちが、あんたに分かるか？」

北里さんは、愛猫のキャンディちゃんにマタタビを買ったはいいが、注文する際に量を間違えて、二十キロものマタタビが届いたおっちょこちょいである。キャンディちゃんだけでは消費しきれない大量のマタタビは、猫と暮らしている他の職員に配って、地道に消化している。マタタビ二十キロ事件は署では有名であり、北里さんはこの話が出るたびにいじられる。辟易（へきえき）した彼は、利用者皆無のこの喫煙所で、ひっそり隠れて取引を行うようになった。因みに北里さんは煙草は吸わない。吸っていた時期もあるらしいが、猫と暮らすようになってから禁煙している。

キャンディちゃんのマタタビは、おもちさんにも分けてもらっている。しょっちゅうでこそないものの、おもちさんもマタタビを嗜好品（しこうひん）として嗜（たしな）んでいる。マタタビの在庫が切れそうになると、僕たちかつぶし交番の職員は北里さんに連絡し、昼休み時に示し合わせて、署でマタタビを受け取るのだ。

　北里さんが大きく項垂（うなだ）れる。

「ああ……会いてえな、おもちさん。あのモッシリした餅ボディを抱きしめたい。ぷにぷにふっかふかの感触を、心ゆくまで堪能（たんのう）したい」

　因みにこの北里さん、新人時代はかつぶし交番に在籍していたそうで、おもちさんの大ファンである。彼はマタタビ片手に苦笑する僕を、ギロリと睨んだ。

「小槙、あんたもいずれ俺のようになる。一度手を出したら最後、嵌（はま）って抜けられなくなる。なんならあんたはもう、後戻りできないところまで来てる」

「ええと、猫好きになってしまうって意味ですよね」

　北里さんの話し方は、時々、彼が摘発（てきはつ）している案件を彷彿（ほうふつ）とさせる。北里さんが低い声で僕を脅かす。

「少しでも中断してみろ。禁断症状が出るぜ。猫を触りたくて触りたくて仕方なくなる。俺はおもちさんに出会うまで、猫になんか興味もなかった。だがかつぶし交番から異動になる頃には、おもちさんに会えないフラストレーションに耐えきれなくなった。だからキャンディちゃんをお迎えした。その俺が言うんだから間違いねえ」

「人生を狂わせるのは一瞬ですよね」

　北里さんの言い回しは悪くないことでも犯罪のように聞こえるので、僕は初めの頃、戸惑った。今は彼が正義感溢れる猫好きだと分かっているので、この北里節にも慣れた。

「ぜひ、おもちさんに会いにいらしてください。とはいえ、刑事課は常に事件を追ってて、なかなか暇がないですよね」

「そうなんだよな。今も薬物犯罪の大物案件が……はあ。かつぶし交番に戻りてえ」

　交番勤務は、周辺の治安の善し悪しによって仕事に波がある。平穏なかつぶし町を守るかつぶし交番勤務は、他の職員から羨ましがられやすい。

　僕はひとつ、提案をした。

「では、おもちさんの方を署に連れてきましょうか？」

「やめとけ。うちの課には、猫が大っ嫌いな奴がいる」

　それから北里さんは、ふうと細くため息をついた。

「あいつ、出世しねえぞ。猫が嫌いなの自体は悪くないし、仕方ないから、気の毒だけどな」

　聞いていた僕は、小首を傾げた。おもちさんとその人の出世と、どう関係あるのだろう。

きょとんとする僕に、北里さんが神妙な声で言う。

「気づいてるか、小槇。この署で出世する人間はな、殆どが愛猫家なんだ」

「そう言われてみれば……。署長なんか、特にですよね」

東こざかな署の署長は、生粋の猫好きである。交番に住むおもちさんのために、ポケットマネーから世話代を提供するほどだ。おもちさんはただ交番に住み着いているだけで、飼い主が決まっているわけではないが、署長のご厚意で健康的な食事と快適な寝床に困らず、動物病院の定期健診も受けている。その署長を筆頭に、僕は何人かの管理職の顔を思い浮かべた。おもちさんに好意的で、食べ物やおもちゃをプレゼントしてくれる人が多い。

「偶然じゃないですか？」

「ああ、多分偶然だ。昇進に猫は関係ない」

北里さんがあっさり認め、手指を組んだ。

「単なる偶然に違いないが……ここ数年の俺の独自捜査によると、歴代署長、出世の早い人、希望部署への異動が叶う奴、警察辞めて夢を叶えて暮らしてる奴は、大体がおもちさんをかわいがる人間なんだ。そうでない奴ももちろんいる。だが、割合を見ると偶然の範疇を超えてる」

「んー……たしかに、おもちさんには縁起のいい噂がたくさんありますよね」

満願成就に開運など、いろいろ耳にする。北里さんがちらりと、鋭い目を僕に向けた。

「あれはある意味、おもちさんを撫で回し、おやつを与え、かわいがるための口実みたいなものだ。即ち、そうしておもちさんを愛する人間には、おもちさんからの祝福がある、とも言える」

北里さんの険しい顔の険しい皺が深くなり、迫力が増した。

「俺自身も、刑事の推薦を貰ったのは、おもちさんの魅力に気づいてからだった」

「それは北里さんの功績が認められたからでは」

「そうだけど、他人から認められるのにだって運が絡む。このことから、俺は、おもちさんには噂どおり、なにかしらご利益があると考えている」

北里さんの鋭い眼差しは、僕を射貫いている。

「ただし、媚びてりゃいいってもんでもねえ。過去に、おもちさんをすごくかわいがってたが、おもちさんからはめちゃくちゃ威嚇される警察官がいた。そいつはなんとその後、不祥事が発覚して懲戒免職になった」

「そんなことが？」

「おお。おもちさんは、そいつの素性を見抜いてたのかもな」

北里さんが壁に凭れかかり、天井を仰ぐ。

「おもちさんに嫌われるといえば、俺がかつぶし交番勤務だった頃に、こんなことがあった。休みの日の同僚が、おもちさんをキャリーに入れて運んでいた。そこへバイクに乗った引ったくりが、おもちさんの入ったキャリーを手提げバッグと見間違えて、奪おうとした」

彼の落ち着いた声が、喫煙所の静けさに吸い込まれていく。

「しかしおもちさんが入ってるキャリーは七、八キロはある。引ったくりはバイクごと転倒。その上、引ったくろうとした相手は警察官。一瞬で現行犯逮捕だ」

「おもちさんは無事だったんですか？」

「無傷だ。同僚も怪我はなし。頭を打って骨折してバイクも故障したのは引ったくり本人だけだよ」

なるほど、運の悪い引ったくり犯である。北里さんは、それがおもちさんの下した天罰なのだと語る。

「あの猫は喋る。化け物なのは間違いねえ。かわいいのも間違いないが、ああ見えて禍々(まがまが)しい猫なんだよ」

まことしやかに語られる北里さんの話を、僕はしばらく、息を呑んで聞いていた。それから、薄汚れた床に目を落とす。

「うーん。あのおもちさんが……？」

たしかに、おもちさんには底知れない感じはある。だが、おもちさんが直接罰を下しているという根拠はない。本人……いや、本猫は、のんびり自由に暮らしているだけに見えるのだ。

でも僕は、おもちさんのことをよく知らない。ただあの猫はああいうものだと受け止めているだけで、どこから来たのか、いつからいるのか、なんのために喋るのか……なにも、知らない。

北里さんの鋭い目が、ひとつ、まばたきをする。

「あんたも知っておいた方がいい。おもちさんにまつわる、先輩たちが代々語り継ぐ話」

それは、何十年も前の話。北里さんも、先輩から聞かされた出来事だ。当時からかつぶし交番はあったが、老朽化に伴って何度か改修している今の建物とは、少し違った。その頃からすでに、おもちさんは住み着いていたという。町の人たちもやはり、おもちさんをかわいがっていた。

かつぶし町は、今とさほど変わらない平和な町だったが、ある日、突如としてその日常が壊された。おもちさんが姿を消したのだ。

最初に異変に気づいたのは、交番の警察官だった。

「前の当直から、おもちさんを見てない」

おもちさんは地域猫だから、寝床はひとつではない。丸一日交番の外で過ごしている日もある。しかしそのときは、三交代制で入れ替わる職員全員、一日じゅうおもちさんを見ていなかった。つまり、おもちさんが交番に戻ってこない日が、三日も続いていたのだ。

どこかで事故に遭ったのだろうか。当直だったその警察官は、パトロールついでに町の人たちに聞き込みをした。おもちさんの目撃情報を集めていると、やがて住民から、とんでもない情報が入った。

「おもちさんを捕まえて、車に乗せていった人を見たけど……あれ、警察の人じゃなかったの？」

その住民によると、作業着を着た人物四、五人が、町の空き地でおもちさんを捕獲していたという。おもちさんを檻に入れて、車に乗せ、去っていったというのだ。連れ去った人物の作業着は紺色で、目撃者は、警察の出動服と見間違えたと話した。だが警察は、おもちさんを捕まえてなどいない。

その当時、世間では動物の誘拐事件が多発していた。東こざかな署の刑事課もこの件を追っている最中だったが、なかなか正体を掴めずに手を拱いている状況だったという。

おもちさんも、誘拐されたのだ。

それを知ったかつぶし交番、そして東こざかな署は騒然とした。

「おもちさんを連れ戻さないと！」

その頃、おもちさんがいなくなったという知らせは、かつぶし町じゅうにも広まっていた。目撃された作業着のデザイン、彼らが使っていた車、向かっていった方向……様々な側面から情報が集まってくる。これまで警察がいくら調べても尻尾を掴めすらしなかったというのに、おもちさんが関わった途端、犯人の痕跡が次々に出現したのだ。

そしてそれを集約していた警察は、ひとつの事業団体に辿り着いた。

東こざかな署は県警本部と合同捜査をし、団体が活動している研究所の場所を特定した。そしておもちさんのように連れて行かれた別の動物たちの被害届を根拠に、窃盗、器物破損、動物愛護管理法違反など諸々の容疑を全部乗せにして家宅捜索に乗り出した。暴れた団体職員には公務執行妨害も上乗せである。そして職員全員、逮捕に至った。

監禁されていた動物たちは、いずれも特殊な条件を持つ動物たちだった。珍しい毛色の遺伝子を持つ生き物、外国の貴重なトカゲ、人間の子供並の知能を持つオウムなどだ。誘拐していた団体は、表向きは動物愛護団体として保護活動を行う事業者だった。しかし実はこれらの生物を違法な実験で研究しており、値打ちのある動物たちを海外へ売ったりもしていた。

おもちさんの存在は、猫の中では例外中の例外である。当然、この団体の標的にされた。この団体は、かつぶし町の住民たちのようにおもちさんをおおらかに受け入れてはくれず、ただただ謎を解明するために手荒な真似をしたのだ。

動物たちは保護され、飼い主のもとへ返された。飼い主のいない生き物たちも、真の保護団体へ預けられた。おもちさんも、無傷で帰ってきた。

そしてその後、研究所があった場所は、更地になったのだった。

「どうだ。警察がなかなか捕まえられなかった凶悪犯だったが、おもちさんが足がかりになって、そこからはスピーディーに解決したという例だ」

北里さんが立ち上がる。彼は自販機で缶コーヒーをふたつ買い、片方を僕にくれた。

「あ、ありがとうございます」

コーヒーを受け取ってから、僕は数秒、言葉をなくしていた。

違法な動物実験と輸出を繰り返していた団体が捕まった……という話は、聞いたことがある。しかし僕が生まれるより前の事件だから、あくまで過去の事件として、話だけ知っているだけだ。この件におもちさんが関わっていて、そして解決の緒（いとぐち）になったとは、全然知らなかった。けれどおもちさんは謎が多いから、調査しようとする人はどこかにいそうだと、思ってはいた。

いろいろと思うところはあったが、僕は北里さんにこれだけ訊いた。

「おもちさんがなぜ喋るのか、研究で明らかになったんですか？」

研究所の実験結果は押収されている。おもちさんの研究をしたというのなら、ちょっと気になる。北里さんはコーヒーのプルタブを開けた。

「それが、なにか実験される前に助け出されてて、全部謎のままだ」

「おもちさんらしいなあ」

おもちさんの謎は解明されなかったが、怪我もなく無事に帰ってきてくれたのだから、それで充分だ。

「すごい話ですね……でも、これはおもちさんが与えた罰とは言わないような」

僕は感嘆しつつも、首を傾げた。

「おもちさんはかつぶし町で有名だったから、目撃者の記憶に残っていた。そしてかつぶし町は人と人との距離が近い土地柄だから、情報の共有が早くて、普段から親しんでいた交番の警察官にも協力的だった。というだけでは？」

「うん、そのとおりだな。小槙、あんたは頼りなく見えるが、意外と冷静に物事を分析できる」

北里さんは僕を微妙に褒めて、自販機に寄りかかった。

「この話には続きがある。これを聞いても、まだおもちさんの異能を否定するか？」

団体から解放されたおもちさんは、一時的に、東こざかな署で保護された。理由は諸々だ。裏付け捜査のための聴取だったり、おもちさん自身の健康状態の確認のためだったりである。

被害者である動物たちは口をきけない。せいぜいお喋りができるオウムがいるくらいだ。だがおもちさんに関しては、別だ。おもちさんの発言は証拠能力を認められ、貴重な情報源になった。

しかしおもちさんは、喋るというだけで猫である。とにかく自由気ままで、すぐに聴取に飽きてしまう。「もう寝るですにゃ」「お腹すいたですにゃ」「お外にちょうちょがいるですにゃ」などと話の腰を折る。おやつでご機嫌を取っても、期待どおりに言うことを聞いてくれるかどうかはおもちさんの気分次第。そのくせ、突然重要な証言をする。捜査員たちはおもちさんの気まぐれに振り回され、おもちさんが今までどおりかつぶし交番に戻されるまで、一ヶ月くらいかかったという。

聴取がない間、おもちさんは基本的に鑑識(かんしき)に管理されていたが、時折勝手に外出して署を探検していた。

「交通課の諸君、お疲れ様ですにゃ」

「あら、おもちさん。交通課へようこそ。煮干あるよ」

署の内勤警察官たちも、おもちさんに甘かった。おもちさんは交通課のデスクでおやつを貰い、会計課で撫でられて、それなりに状況を楽しんでいたそうだ。

　そんなある日、おもちさんは取調室の前に現れた。

「だから、やってねえって！　証拠はあるのかよ！」

　取調室では、ある事件の被疑者が聴取を受けており、担当刑事を威嚇して怒鳴り散らしていた。

　取調室は、廊下から中を見られるようにマジックミラーが嵌められている。部屋の内側からは外が見えないが、廊下からは中が見える仕組みだ。おもちさんは居合わせた職員に抱っこされ、透けたガラス越しに、取調室の様子……否、被疑者の顔を見ていた。

　被疑者は容疑を全面否認し、聴取は長引いている。しかしあるタイミングで、突如、被疑者の態度が一変した。

「……盗んだのは、俺です。持ち主が出かける時間を調べて、それで……」

　それまで全く口を割らなかった被疑者が、突然自白しはじめたのだ。高圧的だった態度はどこへやら、壁の一点を見つめ、据わった目をして、全てを話し出す。

　何事かと思ったマジックミラー越しの刑事らは、ハッとした。

　被疑者の視線は、マジックミラー越しに被疑者を見つめる、おもちさんの方に向いている。

マジックミラーだから、内側にいる被疑者からはおもちさんは見えないはずだ。それなのに、視線がおもちさんに釘付けなのだ。そしておもちさんも、相手の目をじっと見つめている。被疑者はおもちさんから目を離さず、自身の犯行を事細かに語った。

「盗むために使ったドライバーは、ネットで購入した。今は自宅にある。場所はリビングの棚の中だ」


その日以来、おもちさんは時々、取調室の前に来るようになった。おもちさんが取調対象を見つめだすと、対象が口を割る。そしてその間、視線同士が結び付けられて解けなくなったかのように、互いに目を逸らさなかった。

そんなことが、何件か続いた。おもちさん自身は「見てるだけですにゃ」としか言わない。この現象は、なにが起きているのか誰にも分からなかった。

「これって、自白の強要に当たる？」

「いや、実際、猫が窓の外から見てるだけで、脅して自白させてるわけじゃないんだし……」

刑事課をはじめ、誰もが困惑した。おもちさんの協力があれば、事件の解決が早まる。これは警察にとっては、願ってもない便利な力だった。しかし取調対象の意思を無視した強行突破のようで、罪悪感がある。

彼らを複雑な気持ちにさせたこの怪現象だったが、長くは続かなかった。おもちさんが、飽きてしまったのである。

「おもちさーん、取調室、見に行かない？」

「そんな気分じゃないですにゃ。吾輩、お昼寝するですにゃ」

いくら便利だからといって、利用しようとすると乗ってこない。元よりおもちさんは、人間にあまり協力的な性分ではない。おやつで釣ればおやつだけ食べて寝てしまい、無理に抱っこして連れていっても、窓の内側から目を背けてしまう。おもちさんが相手の目を見つめるのは、おもちさんの気が向いたときだけだった。

やがておもちさんは完全に飽きたらしく、取調室に寄り付きもしなくなった。結局、謎の現象は謎にまみれたままに終わったのだった。

「それ、ちょっと不気味ですね」

僕は貰ったコーヒーをひと口飲んで、顔を顰めた。おもちさんに見つめられると、口を噤（つぐ）んでいた人が正直に話し出す。おもちさんが目線だけで相手をコントロールしたというのなら、少し怖い。

北里さんがしたり顔になる。

「な？　やっぱりおもちさんはエスパーキャットなんだよ。おもちさんの前じゃ、真実を誤魔化せない」

それから北里さんは、コーヒーの缶に目を落とした。

「おもちさん自身が嫌になっちゃったから、なんであんな現象が起きたのか、検証できなかったみたいだけどな」

それで良かったと思う。事件の早期解決は警察にとって大事なことだけれど、このおもちさんの使い方は、あまり続けない方が良さそうな感じがする。

北里さんが再び顔を上げた。

「どうだ、恐れ入ったか。おもちさんにはやっぱり、俺たちの想像を超えた魔力があるんだ」

「いやー、どうなんでしょうか？　だとしたらもっと都合よく、いろんなことがおもちさんの思いどおりになってしまうのでは？」

おもちさんの奇妙な話を聞いても、僕はまだ半信半疑だった。というか、怖すぎて信じたくない。北里さんが、たしかにと頷く。

「それもそうだな。おもちさんからしても、そんな技があるならあると正直に言った方がいい。価値を認められればちやほやされて、おやつが貰える」

やはり取調室の怪現象は、ただの偶然なのだろう。僕はひとまず、そう思うことにした。

しかし北里さんは、まだめげない。

「だがな小槇、おもちさん関係の謎の現象は、これだけじゃねえ」

「まだあるんですか？」

冷たいコーヒーを口に流し込み、僕は聞く姿勢に入った。

これは北里さんの新人時代。彼がかつぶし交番にいた頃の話だ。当時も今と同じく三交代制で、北里さんの他にふたりの警察官がいた。三人ともおもちさんをかわいがっており、おもちさんも全員に馴れていた。

そんなある日、北里さんの先輩のうちの片方が、行方を眩ませた。

なにか事件を追っていて、巻き込まれたのだろうか。北里さんは仕事の傍ら、先輩を捜索していた。そして町の住民から、気になる情報を得た。

「おもちさんの後ろについて歩いてるの、見かけたよ」

先輩がおもちさんを追いかけて、町をのんびり縦断していく姿――それが、いなくなる前の先輩の、最後の目撃情報だった。

しかし当のおもちさんは変わらず交番にいる。先輩をどこへ連れて行ったのかと聞いても、知らんぷりしていた。

「吾輩、なんにもしてないですにゃ」

その後、先輩の手がかりは増えないまま、五日が経過した。そして突然、おもちさんに連れられて、先輩が帰ってきたのである。北里さんはぎょっとした。

「えっ!? 先輩、今までどこに行ってたんですか?」

「どこって、普通に仕事してただろ?」

驚いたことに、先輩は姿を消していた五日間の間も、普段どおりに出勤してきて交番にいた、と言い張るのだ。そのくせ、山積みになっている仕事を見て、「終わらせたはずなのに」と頭を抱えている。

そして、こうも語った。

「俺、昇任試験に受かったのに、なんでリセットされてるんだ?」

本人が合格したと思っている試験は、現実には受けてもいなかった。先輩は記憶が混濁(こんだく)していて、他にもいくつか、おかしな発言をしていた。起きてもいない事件の「凶悪犯を捕まえた」、恋人はいないのに「プロポーズに成功した」……そして現実との差に衝撃を受けてから、やがて納得する。

冗談を言っているようには聞こえなかった。そのうち先輩の記憶は正されていき、ないはずの出来事は忘れ去られていった。

「この先輩、いなくなったときも帰ってきたときも、おもちさんに案内されてる」

　北里さんの険しい顔が、天井を見つめる。

「俺は、おもちさんが先輩を、異世界へ連れ出したんじゃねえかと思ってる」

「異世界……」

　繰り返す僕に、北里さんが黒目を向ける。

「訳分かんねえだろうけどさ。先輩は、この世界によく似たパラレルワールドで五日間暮らしてて、そっちの世界では仕事をバリバリこなして、悪い奴を捕まえて、結婚も決まったんだよ」

「あー……」

　僕は、自分も似た経験をしたのを思い出した。神社で数分、子供たちと話しただけのはずが、気がついたら九日間も経過していたのである。その件は時間が一気に過ぎたというもので、九日間の生活があったわけではない。原因も恐らく、おもちさんではない。だから消えた先輩とは違うのだが、「あんな現象が起こりうる」と肌で感じた以上、彼が証言する五日間を嘘だとは言い切れない。

僕がおもちさんの異能を認めたと思ったのだろう。北里さんが満足げにニヤリとする。

「おもちさんは、ただの喋る猫じゃねえ。畏れ、敬愛すべき神に値する存在なんだよ。ま、猫という時点で神に値する存在だけどな」

「北里さん、本当におもちさん大好きですよね」

僕はまた苦笑いする。北里さんは機嫌よく目を細め、僕の肩を叩いた。

「やっぱ小槇はいいな。面白い」

「北里さんの方が面白いですよ」

「あんたは良い警察官に成長する。素直で真面目で、なぜか話しやすくて」

そしてきゅっと、口角を吊り上げる。

「こういう悪いおじさんの話を、ちょっと困りながらもバカ正直に信じてる。いやあ、かわいげがあっていいね。あんたみたいのが詐欺に騙されるんだよ」

「へっ？」

僕が目を丸くする横で、北里さんは踵を返した。

「そろそろ昼休憩終わるか。あんたは非番だろ、帰って寝とけ」

「えっ、あの、北里さん。さっきの全部、作り話なんですか？」

僕が呼び止めても北里さんはさっさと立ち去ってしまい、僕はぽつんと、喫煙所に残された。

　北里さんは、初めから僕をからかっていただけだったのだろうか。それとも、ちゃんと本当の話だったのにわざと悪人ぶる北里節で、あんなオチをつけたのか。とうとう分からないまま、僕は喫煙所をあとにした。

　それから僕は、かつぶし交番に戻っていた。非番だったから寮に帰るつもりでいたが、おもちさんに会いたくなった。北里さんから貰ったマタタビの粉を口実に、おもちさんのもとへ向かう。
　あれから僕は、自分なりに考えた。おもちさんは不思議な猫だ。僕が思っている以上に、未知の領域が広いのだろう。そしてなんとなく、暴いてはいけない、深く踏み入ってはいけない領域がある気さえしている。
　仮に北里さんの話が本当で、おもちさんが未知の魔力を秘めているとして。それはぞっとするけど、僕がおもちさんを怖がる必要はないのだと思う。
　きっと、僕たち警察官が拳銃を扱えるのと同じだ。かつぶし町の住民が平和に暮らせるように、怖い思いをさせる人を懲らしめる。人を傷つけるための手段ではない。守りたいものを守るための武器なのだ。

最後の話……先輩が行方不明になった話だけは当てはまらないけれど、これにもなにか、理由があったのかもしれない。

交番に着くと、建物の前に数人の高校生たちが集まって座り込んでいた。そのうちのひとり、春川くんが僕に気づいて手招きをする。

「小槇さん！　見て見て、おもちさんがかわいい」

高校生たちは、春川くんと、その友人たちである。彼らが囲む中には、アスファルトにぺたんこに潰れたおもちさんがいた。

「にゃー。気持ちいいですにゃ」

喉をゴロゴロ鳴らして、地面に背中を擦りつけている。春川くんの手がお腹を撫でると、心地よさそうに目を閉じた。春川くんの手が、おもちさんの白い毛に吸い込まれている。

「笹倉さんが、残り少ないマタタビをあげたんだよ。そしたらおもちさん、酔っ払ってとろとろになっちゃった」

仰向けに寝そべっていたおもちさんが、寝返りを打つ。短い足で立ち、僕の方へ歩み寄ってきた。僕の脚にすりすりと、顔をくっつけてくる。

「小槇くんも撫でるですにゃ」

「はいはい」

僕もしゃがんで、おもちさんの頭を撫でる。おもちさんは耳を下げて目を閉じ、僕の膝に上ってきた。

「もっとですにゃ」

おもちさんの体温が伝わってくる。僕の手がゆっくりと背中を撫でると、おもちさんはみるみる蕩けていき、ぷうぷうと寝息を立てはじめた。

こうしていると、組織犯罪の摘発に役立ち、取調室で奇妙な能力を発揮した、なんていう武勇伝が信じられなくなってくる。やはりあれは、北里さんの冗談だったのだろうか。

先っぽだけ茶色いおもちさんの短い尻尾が、ゆらりと揺れる。おもちさんの寝顔を見ていると、僕はだんだん、おもちさんが何者なのかなんて、どうでもよくなった。

千客万来、招き猫

「この交番に勤めていながら、『福もち堂』の大福を食べたことがないだと!?」

ある日の午前中。夜勤を終えた僕は、笹倉さんと交代して、残りの仕事を片付けていた。なにげない雑談の中、笹倉さんは信じられないといった顔で素っ頓狂な声を出した。

「あの店の自家製こし餡を知らないとは。かわいそうな奴だ」

「そんなにおいしいんですか？」

「おいしいなんてもんじゃねえぞ。人生観が変わる」

笹倉さんは時々、大袈裟な表現でプレゼンする。

かつぶし商店街にある、老舗の和菓子屋さん「福もち堂」。福山さんというご夫婦が営んでいる、小さな店だ。和菓子の製造は夫の和彦さん、店頭で売り子をしているのが妻の実津子さんである。三代目の職人のおじいさんが数年前に引退して、四代目として引き継いだ息子夫婦が、このおふたりだそうだ。というのは僕も知っていたのだけれど、その店に入ったことはまだない。あの店の大福がそんなにおいしいとは、知らなかった。

「三代目から四代目に引き継いだとき、若干、味が落ちたとも言われてたんだけどよ。この頃は先代の味に戻った。あのこし餡の、繊細で奥深くて雑味のない味、さらさらの舌触り……」

笹倉さんが腕を組んで語る。聞いているうちに、一気に興味が湧いた。近いうちに買いに行こうと思う。

笹倉さんが唸る。

「しかしあんなにいい大福を作る店なのに、四代目は自分の代で店を畳むつもりらしい。もったいねえ」

「そうなんですか？　なんで？」

「跡取りがいねえんだとよ」

それから笹倉さんは、ちらりと僕を睨んだ。

「あと、新しい客がつかないせいだ。お前みたいな奴があの店の良さに気づかないから」

「すみません」

「まあ、こんな寂れた町の個人経営の小さい店だ。ありがちな問題だよな」

そう言って、笹倉さんは残念そうに虚空を仰いだ。

「自家製こし餡は門外不出の秘伝のレシピだ。あの店がなくなったら、二度と食べられなくなる」

「じゃあ食べられるうちに食べないとですね」

僕は「近いうちに」ではなく、今日にでも買いに行こうと決めた。

その後、僕は一旦寮に帰ってから、再びかつぶし町を訪れた。狙いは「福もち堂」の大福である。商店街をのんびり歩いて、その店に辿り着いた。

古い薄汚れた小さな木造の建物に、控えめなサイズの「福もち堂」の看板。ガラス戸の向こうにショーケースが見えるが、並んでいる和菓子は多くはない。客はおらず、それどころか店員の姿もない。

「福もち堂」は、商店街の中でも目立たない店である。大通りから少し外れている立地のうえに、見た目が地味なのだ。意識してこの店に行こうと思って来ないと、スルーしてしまう。

ガラス戸を開け、中に入る。六畳ほどの狭い店内は、入ってすぐレジカウンターを兼ねたショーケースがあり、歩き回れる広さもない。ショーケースの中には大きな皿が並んでおり、最中（もなか）、練（ね）りきり、羊羹（ようかん）と、それぞれが数個ずつちょこちょこと置かれていた。

その中に、僕は例のこし餡の大福を見つけた。皿に載って十個ほど、身を寄せ合っている。大きさはピンポン玉くらいだ。思っていたより小さい。

奥ののれんを分けて、緑の三角巾の女性が出てきた。五十代ほどの、ちんまりとした小柄な女性である。

「いらっしゃい」

この店は夫婦で経営していると聞いている。この女性は、四代目の和菓子職人の奥さん、実津子さんだ。僕は会釈（えしゃく）して、こし餡の大福を指さした。

「こんにちは。こし餡の大福、ください」

「おいくつ？」

「どうしようかな。じゃ、ふたつ」

「はいよ」

実津子さんが大福をふたつ、袋詰めする。意外と小さかったので、欲張ってふたつも買ってしまった。

僕は袋詰めを待つ間、改めてショーケースの中を覗いていた。季節の花を象（かたど）った最中や練りきり、砂糖をまぶした琥珀糖（こはくとう）と、華やかではないが、どれも品がある。きな粉のおはぎもあった。先日見たシナモン文鳥のおはぎちゃんを思い出す。ただし、皿の前に置かれた札には「夜船（よふね）」と書かれている。初めて聞いた名前の和菓子だ。おはぎとなにが違うのだろう。

それにしても、もう昼前だというのに、これらのお菓子が減っている様子がない。この感じでは、どうも僕が今日の最初の客かもしれない。

実津子さんがショーケース越しに、大福の紙袋を差し出してきた。

「はい、お待ち遠様」

「ありがとうございます」

大福を受け取って、店を後にする。実津子さんは、僕が戸の外へ出るまでずっと、頭を下げていた。物静かで口数の少ない人だが、細やかな人柄が所作から伝わってくる。

外に出てすぐ、視線を感じた。店の建物の陰から、大学生くらいと思しき若い女の子が顔だけ覗かせ、こちらを見ている。明るい茶髪をお団子にした華やかな女性だが、僕を見る視線はやけに鋭い。

こちらを睨んでいるのに、彼女は声をかけてはこない。僕はしばらく様子を見てから、こちらから話しかけた。

「あの、どうかしましたか？」

お団子の女性はびくっと肩を跳ね上げ、またじっと僕を睨んだ。やがて、低めた声で問う。

「それ、なに買ったの？」

どうも、僕の手の中の大福が気になるようだ。

「大福です。こし餡の」

「ふうん。なんでこんな古臭い店に入ろうと思ったの？」

「なんでか……知人の紹介です」

笹倉さんから教わらなかったら、多分僕はこの店に入るきっかけはなかった。女性は口を結び、怪訝な顔で僕を眺めている。今度は僕から質問した。

「気になるなら、入ってみたらどうでしょうか？　こし餡がおいしいって評判みたいですよ」

「別に。お兄さんみたいな若い人が、この店に入るの珍しいから気になっただけ。あたしはこんなダサい店、どうでもいいし」

彼女はつんと顔を背けて、こちらに背を向けた。だが僕はまだ納得していない。どうしてそんなことを言うのか、なぜ店を見張っていたのか、なにも分からない。

「待って。なんでそんな……」

「だから、気になっただけ。どうでもいい」

女性が歩き去っていく。追いかけるべきか迷っていた、そのときだ。

突如、彼女の目の前に巨大な餅が降ってきた。

「きゃああ！」

女性が飛び退く。僕も思わず身構えた。そして地面に落っこちた白い餅……否、餅のような太った猫に、あっと声を上げた。

「おもちさん？」

脚を大の字に広げて仰向けになった、おもちさんである。なぜ空中から？　と僕は上空を見上げ、和菓子屋さんの建物についた軒に目が行った。どうやらおもちさんは、この軒の上で昼寝をしていて、寝返りを打って落ちたようだ。おもちさんは相変わらずひっくり返ったままで、金の目を見開いて青空を見上げている。

「びっくりしたですにゃあ。空飛ぶかまぼこは、どこへ？」

「どんな夢を見てたんですか……怪我はしてませんか？」

僕はまだ呆然としている女性を追い越して、おもちさんの傍にしゃがんだ。おもちさんはぴんぴんしており、痛いところひとつないようだ。ただ、寝惚けている。

「小槇くん。吾輩、かまぼこの群れを追いかけて……」

思いがけずおもちさんに足止めされ、お団子の女性は立ち尽くしていた。

おもちさんの落下音と僕らの騒ぎを聞きつけて、店から実津子さんが飛び出してきた。

「どうしました!?　……あっ！」

実津子さんと、お団子の女の子の目が合う。そしてふたりは同時に言った。

「梓！」

「お母さん……」

名前を呼ばれたお団子さん、梓さんは、顔を歪めた。お母さんと呼ばれた実津子さんは、彼女に駆け寄る。

「梓、帰ってきてたの？　帰ってくるなら連絡くれればよかったのに。あんたはいつもそう……」

「うるさい。帰ってきたわけじゃない。ただ通りかかっただけ」

梓さんが冷ややかに言い切る。

カラ、と、ガラス戸が開いた。中から真っ白な作業着の男性が現れる。

「なんの騒ぎだ？」

「ああ、和彦さん。梓が帰ってきたの！」

実津子さんが男性を振り返る。彼はこの店の職人、和彦さんである。つまり実津子さんの夫であり、梓さんの父親だ。和彦さんの顔が険しくなる。

「梓……お前、今まで散々勝手な真似をして、今度は急に戻ってきたのか」

「通りかかっただけ！」

梓さんはひと際大きく怒鳴り、今度こそ駆け出して行ってしまった。実津子さんが小さな歩幅で追いかける。

「梓、梓！」

「よせ。追わなくていい」

実津子さんの肩を、和彦さんが掴んだ。

「放っておけ。帰りたくなったんなら、そのうちまた来るよ」

「でも、でも梓は意地っ張りだから……」

「あの子はもう自由に生きてるんだ。ここに縛り付けておく必要はない」

和彦さんは強い口調で言うと、実津子さんから手を離して、店に戻った。実津子さんはまだ、梓さんの消えた方向を見つめて、棒立ちになっている。

僕はというと、おもちさんの横にしゃがんだままで、なにもできずに一部始終を見ていただけである。

実津子さんはハッとして、僕に頭を下げた。

「すみません、お見苦しいところをお見せして」

「いえ……さっきの方、娘さんだったんですね」

笹倉さんから「跡取りがいない」とだけ聞いていたが、娘がいたのは知らなかった。実津子さんが力なく微笑む。

「ええ。会ったのは三年ぶりでしたが」

「事情が複雑そうですね」

僕が立ち上がる横で、実津子さんは目を伏せた。

「そんな大層な話じゃないのよ。ただ、あの子はうちの店が気に入らなくて、高校を中退して上京してしまったの。もう戻ってこないと思ってたから、驚いてしまって……。それだけなの」

　彼女はふうと息をついて、娘のいなくなった方角を見つめた。その寂しそうな目を見ると、紙袋を抱えた僕の手に、きゅっと力が入った。

　足元にいたおもちさんが、いつの間にかいなくなっている。実津子さんが、懐かしそうに話す。

「梓もね、小さい頃は『お父さんに弟子入りする！』なんて言ってたのよ。だけど大きくなったら、お友達に冴えない店の娘だと思われるのが恥ずかしくなったみたい。やれ店が地味でダサいだの、やり方が古いだの、文句ばかり言うようになって、最後は家出するように出ていってしまった」

　僕は先程の梓さんの訝しげな目を思い起こした。彼女は、僕がこの店に入って大福を買ってきたのを、不思議がっていた。梓さんからすれば、この見栄えしない古い店で買い物をした僕が珍しかったのだろう。

　実津子さんが顔を上げる。

「和彦さんの言うとおりだわ。梓はこんな店には見切りをつけて、自分の道を歩んでいるの。追いかけたりしたらだめよね。あの子ももう、子供じゃないんだもの。あの子にはあの子の人生があるわ」

自分に言い聞かせるように口にして、実津子さんは僕に深々とお辞儀した。

「話しすぎてしまったわね。失礼しました」

実津子さんがガラス戸の向こうに消える。僕は大福の紙袋に目を落とした。跡取り候補だったひとり娘が、店の方針に反発して家出。跡取りがいなくなったこの店は、今の代で畳む予定でいる。

店のご夫婦も承知していたとおり、娘の梓さんには彼女の選ぶ道がある。梓さんはひとりの人間であり、店を継ぐために生まれたのではない。だから彼女が離れていくのも仕方のないことなのは、頭では分かる。

でも、ご夫婦の寂しげな表情を見てしまった僕は、やるせない気持ちになった。

小さくため息をついて、僕は一歩踏み出した。帰って大福を味わおうと思う。と、気持ちを切り替えようとしたときだ。

「して、小槇くん。吾輩には『おやつはひとつ』と言うのに、自分は複数買っているとは、どういうつもりですにゃ？」

「わあっ！」

突然降ってきた声に驚いて、飛び上がった。見上げると、店の軒からおもちさんが顔を出している。いつそんな高いところへ上ったのやら。僕は咄嗟(とっさ)に、大福を守るように紙袋を抱き寄せた。

「大福をふたつ買ったの、なんで分かるんですか？」

「紙袋のサイズで分かるですにゃ。吾輩、かつぶし町暮らしが誰より長いですからにゃ。このお店も、創業当時から知ってるですにゃ」

　ボトッと音を立てて、おもちさんが降り立ってきた。今度は華麗に着地して、短い尻尾を得意げに立てている。見抜かれた僕の方は、決まり悪かった。

「僕は署の道場で運動するからいいんです。僕とおもちさんとでは体の大きさが違いますし」

　言い訳を並べながら、僕は商店街を歩いた。

「それにこの大福、小粒ですし」

「そうですにゃ。『福もち堂』の大福は、餡の甘さに飽きないように、ちっちゃくしてるのですにゃ」

　僕の足の横を、おもちさんがついてくる。

「これは先代、三代目が考えたのですにゃ。それまではもうひと回り大きかったけど、三代目が改革したですにゃ。甘いのに飽きちゃう人はひとつだけ。もっと食べたい人はたくさん食べられるようにと」

「へえ。老舗の伝統のお菓子といっても、そうやって少しずつ変えていくんですね」

　流石、創業当時から店を知っているおもちさんは詳しい。僕は改めて、手に持った紙袋を眺めた。

「そうして大切に守ってきた味なのに、こんな形でお店が終わってしまうのは、寂しいですね」

紙袋にプリントされた「福もち堂」のロゴが、物悲しく映る。

「でも……梓さん、本当に通りかかっただけとは思えないんですよね。お店の建物に張り付いてたみたいだった」

僕が店から出てきたとき、彼女は店内からは見えない場所から、じっと見守っているようだった。あれで本当に用事がないわけがない。

おもちさんが丸い頭を擡（もた）げる。

「気になるですにゃ？」

耳の先をぴくりとさせて、おもちさんはまた、前を向いた。

「お団子お姉さんは今、裏手の公園にいるですにゃ」

僕と実津子さんが話してるうちにいなくなったと思ったら、どうやらおもちさんは、梓さんを追いかけていたみたいだ。

「ベンチに座って、ひとりで悲しそうな顔してたですにゃ」

おもちさんが言う。僕はつい、足を止めた。そして歩く方向を変えて、公園に向かう。

店の存続も、ご家庭の事情も、僕が首を突っ込む問題ではない。でも、もしも助けを求めている人がいるのなら、放ってはおけない。自分にできることが、なにかあるかもしれない。

おもちさんも、僕についてくる。僕もおもちさんも、お節介だ。そう思いながらも、足を止められなかった。

公園には、遊んでいる子供ひとりいなかった。地面に群れている鳩ばかりの中、ぽつりとひとつだけ、人の影がある。

おもちさんが言ったとおり、梓さんは、ベンチに腰掛けて俯(うつむ)いていた。僕が声をかける前に、おもちさんがぴょんと、ベンチに飛び乗る。

「お隣、失礼するですにゃー」

「わっ、おもちさん。ついてきてたの？」

梓さんがびくっと顔を上げる。彼女はおもちさんの頬を両手で包んで、優しく撫でた。

「あなた、あたしが小さい頃からずっと変わらないね」

「吾輩はずっとおもちさんですにゃ」

この町で生まれ育った梓さんには、おもちさんは小さい頃から身近な存在だったようだ。

おもちさんの顔にすりすりと優しく触れ、頭を撫でる。おもちさんは耳を倒して、気持ちよさそうに目を閉じた。

やがて梓さんは、ベンチの脇に立つ僕にも声をかけた。

「お兄さんも、座れば？」

「いい？　それじゃあ、失礼します」

おもちさんを真ん中に挟んで、僕もベンチの端に腰を下ろす。おもちさんが細く目を開けた。

「このお兄さんは、去年からかつぶし交番にやってきたおまわりさんですにゃ。今日は非番だから、ただの小槇くんですにゃ」

「ああ、交番の。どうりでおもちさんに世話焼いてるわけだわ」

梓さんが僕を一瞥する。僕は会釈で返した。

「よろしくお願いします」

横ではおもちさんが喉を鳴らしている。僕は抱えていた紙袋を開けて、大福をひとつ、取り出した。そしてそれを、梓さんに差し出す。

「よかったら、おひとつどうぞ」

「は？　あの店があたしの実家なの、分かってるでしょ？」

梓さんがのけ反る。それでも僕は、大福を引っ込めなかった。

「だけど三年ぶりなんでしょ？　お店の大福、嫌いなんですか？」

「嫌いだよ。あんなダサくて流行らない店の大福なんか」

梓さんは大福を受け取ってくれない。僕は諦めて、その大福は自分で食べることにした。

実津子さんが言うには、梓さんは幼い頃は、お父さんに弟子入りしたいと言うくらい、あの店が好きだった。それが「嫌い」になるほど、店との間に大きな亀裂ができてしまったのだ。

梓さんが肩を竦める。

「あたしは上京して、都会の人気和菓子店でバイトして、社員登用の話も出てるの。古臭い店を続けてるお父さんとは違って、成功してるんだよ。あんな店とはもう関係ない」

「もしかして今日は、ご両親にその報告をしに来たんですか？」

大福の包みを開ける手を止めて、僕は訊ねた。梓さんが眉を寄せる。

「いちいちそんな報告しないけど？　さっきも言ったとおり、店の前を通りかかっただけ」

通りかかっただけ、というのは、流石に嘘だと思うのだが。僕は執拗に訊くのはやめて、大福の包みを剥がす作業に戻った。包みの中から、大福の白い表面が顔を出す。

「いい大きさだな。おもちさんの手と同じくらい？」

僕は片手に大福、もう片手でおもちさんの前足を取った。おもちさんのころんとした白くて丸い足は、まさに大福と同じ大きさで、色も形もそっくりだ。おもちさんが大人しく足を触らせてくれるのをいいことに、僕はおもちさんの肉球を指で押した。

「ふにふにした感触も似てる。おもちさんの手はおもちさん大福ですね」

「早く食べたらどうですにゃ」

おもちさんは、結構ドライだ。僕はおもちさんの足を置いて、改めて本物の大福に向き直った。ひと口齧ると、小さな大福の欠片が、口の中に転がる。

途端に、もちっとした柔らかい食感が、舌を痺れさせた。自慢の自家製こし餡は、シンプルな甘さなのに奥行きがあり、丁寧に作り込まれた複雑な味わいがある。優しい甘さがすっと溶けていく。笹倉さんの言ったとおりだ。

梓さんの視線が刺さる。大福を飲み込んだ僕は、感嘆のため息をついた。

「びっくりした。餡ってこんなにおいしいんだ」

「なに？　餡食べたことなかったの？」

「そんなことないですが、ここまで深みのあるこし餡は初めて食べました。今まで食べたこし餡もおいしかったけど、これはなんというか、別次元というか……」

「職人の技だもの。あの店のオリジナルだから、他に同じものがないのは当たり前」

梓さんがベンチの背もたれに寄りかかって、脚を組む。僕は餡のおいしさの余韻に浸っていた。

「すごい。あのお店の和菓子、こし餡以外のものも食べてみたい。きな粉のおはぎ、おいしそうだったな。次はおはぎを買おう」

言ってから、僕は店のショーケースで見た札を思い起こした。

「あ、おはぎじゃなかった。えっと、あれは……」

「夜船？」

僕より先に、梓さんが答えを出す。おかげですっきりした。

「そう、それです！　おはぎとはなにが違うんですか？」

「同じだよ。ただ、今の時期は名前が違うってだけ」

梓さんは呆れ顔で僕を一瞥した。

「春はぼた餅、夏は夜船。おはぎは秋。冬は北窓(きたまど)。あの和菓子は、季節によって呼び名が変わるの」

地域にもよるみたいだけど、と、梓さんは付け足した。

「うちの店は昔から季節感にこだわってるから、都度(つど)名前を変えてる。そろそろ暑くなってきたから、今は夜船だよ」

「知らなかった。そういえば、ぼた餅って呼び方は馴染みがあるな」

梓さんは実家の店を嫌いだと言っておきながら、こういうことはきちんと覚えている。

彼女は前屈(まえかが)みになって、おもちさんの背中をぽんぽんと撫でた。

「でもそんなところをこだわっても、売れなきゃ自己満足でしかない。あんな見栄えしない店で、ろくに宣伝もせずに物だけ売ったって、おいしいって知ってる人しか買いに来ないよ。食べてみないと分からないんだから」

「うん、僕も教えてもらわなければ気がつかなかった」

「店が見向きもされなくて、和菓子が廃棄されるのをただただ見てるしかない。そんな子供時代だったから、あの店にはいい思い出がない」

　梓さんの言葉が胸に突き刺さる。梓さん自身はおいしいとよく知っている、自家製和菓子。それが売れ残る様子というのは、見ていてつらいものだっただろう。

「だからお父さんにも、いろいろ言ったの。店の外見を派手にして、人の目を引いた方がいいとか。古い売り方だけじゃだめだとか……」

　梓さんの言葉を、おもちさんが黙って聞いている。僕はその、おもちさんの後ろ頭を見ていた。梓さんが虚空を仰ぐ。

「それなのにお父さんは人の話を全然聞かなくて、ずーっと古いまんま。結局それでお店が廃れて、自分の代で畳むとか言ってさ。バカじゃないの。だからあんな古いまま腐ってる店なんか、大嫌い」

　そういうことだったのか。と、僕は口の中で呟いた。おもちさんが短い尻尾を僅かに揺らす。

「お姉さん、あのお店が大好きですにゃあ」

「大嫌いって言ってるでしょ」

「うんにゃ。お姉さんはきっとこの世の誰より、『福もち堂』の大ファンですにゃ」

僕もそう思う。彼女が店の在り方に反発したのは、店が古臭くて恰好悪かったからではない。店を守るために、変わっていかなくてはならないと考えたからなのだ。

梓さんが再び俯く。無言になった彼女を横目に、僕は紙袋に手を入れた。もうひとつの大福を取り出し、梓さんに手渡す。

「食べます？」

「……うん」

梓さんはようやく、大福を受け取ってくれた。ゆっくりと包みを剥いて、白くて丸い大福を覗かせる。小さく開けた口に頬張り、梓さんは、時間をかけて大福を味わった。半分に欠けた大福を見つめ、梓さんは深く、ため息をついた。

「おいしい……」

噛みしめるようにそう言って、項垂れる。

「あたし、全然話を聞いてくれないお父さんとは、もう分かり合えないって思ってて。だから上京して、和菓子の人気店に就職して成功して、あたしの勝ちを証明したかったんだ」

梓さんの声は、芯が通っていて凛としていた。

「波に乗ってきた矢先、地元の友達から、お父さんが『福もち堂』を畳もうとしてるって連絡があったの」

「それで、会いに来たんですか？」

「うん。やっぱり、古いやり方のお父さんの負け。ついに、あたしが正しかったんだって、結論が出た。それをお父さんに見せつけてやろうと思ってたのに……」

梓さんは食べかけの大福を両手で包み込んで、その優しげな拳で顔を覆った。

「お父さんに勝ったのに。それなのに、なんでこんなに嬉しくないんだろう」

「それはきっと、君が本当にこだわってるのが、勝ち負けじゃないからですにゃ」

おもちさんが、梓さんに寄り添う。

「喧嘩売ったのは事実だけど、君の本心が別のところにあるのなら、それをお父さんたちにちゃんと教えてあげたらどうですにゃ？」

「でも、今更相手にしてもらえない。さっきだって、追いかけてもこなかった」

梓さんのその言葉には、僕が首を横に振った。

「それは違いますよ。和彦さんと実津子さんは、梓さんを見放したんじゃなくて、梓さんがのびのびできるように見守ってたんです」

ふたりの寂しそうな顔を、僕はまだ忘れられない。梓さんが顔を上げる。口を半開きにして僕の顔を見て、そしてすぐに顔を伏せた。

数秒、彼女は大福を見つめて震えていた。それから残りの大福を口に放り込む。

「勝利宣言しに行ってくる」

梓さんがベンチから立ち上がる。彼女を目で追っていたおもちさんがちらっと僕を見て、それから自分もベンチから降りた。

梓さんと僕たちは、再び「福もち堂」に戻ってきた。店の陰でこそこそしていた梓さんはもういない。彼女は堂々と、ガラス戸を開けた。

ショーケースの向こうには、神妙な顔で話し合う和彦さんと実津子さんがいた。ふたりは戸の音に反応して顔を上げ、そして梓さんを見るなり、目を見開く。

「あっ、梓……！」

「聞いて驚け！　あたしは都会の人気和菓子店で正社員登用の話が出てる！」

梓さんは両親がなにか言う前に、大声を放った。

「こんなしわしわよぼよぼの店を、古臭いやり方で続けようとしたお父さんとは違う。こんな店、あたしの就職先が買収して丸ごと変えてやる」

「梓、お前はどうしてそう……！」

和彦さんが険しい顔になる。それでも、梓さんの勢いは止まらなかった。

「それが嫌なら……この店の味を守りたかったら、それ相応の努力を見せてよ！　古臭い魅力にしがみついてみせて！」

狭い店内に、梓さんの声が響く。

「まずは話題作り！　新しいお客さんを呼び込むために新商品を作る。そしてそれが人目につくように宣伝する。ここで広告費をケチらない」

和彦さんと実津子さんは、気圧されて絶句していた。

「それから商店街のイベントには積極的に顔を出して人脈を作る。既存客に依存するだけじゃだめ。うちの店の客層は昔馴染みのお年寄りばかりだけど、若い人にも目を向けて」

後ろで聞いていた僕とおもちさんも、黙っていた。これは、梓さんが上京した先で学んだノウハウだ。彼女が旅立った真の目的は、きっと。

「ある程度収益を回収して資金ができたら、店をリフォーム。デッドスペースを整理して、お茶も楽しめるカフェブースを作る。人が停留する空間が外から見えれば、次のお客さんの呼び込みに繋がる」

お父さんを見下したかったなんて、大嘘だ。彼女は「福もち堂」を守るために、ひとりで遠くの地で勉強してきたのだ。店から出てきた僕を観察していたのも、実際の購買客がどんな人なのか、チェックしていたのだろう。

ひと頻(しき)り案を出した梓さんは、ひとつ、息をついた。

「お父さんたちがやりたいお店は、そういう店じゃないって言うかもしれないけどさ。変わらない味を守るためにも、今までにない挑戦をして、変わっていく必要はあるんだよ。お店が新しくなっても、自慢の和菓子の味が変わらなければ、それはあたしたちの『福もち堂』じゃないかな……」

「梓……」

和彦さんの険しい顔は、いつの間にか、緩(ゆる)んだ泣きそうな顔に変わっていた。隣にいた実津子さんが、ショーケースの向こうから出てくる。狭い歩幅でトコトコ歩いてきて、梓さんを、正面から抱きしめる。

「私たちが話を聞いてあげなかった間も、梓はいっぱい、考えてたんだね。ごめんね、ありがとう」

ご夫婦と梓さんは、考え方は違えど、店を守りたい気持ちは同じだ。それならむしろ、考え方が違うからこそ、手を取り合った方がいい。自分と違う考え方を持つ人は、自分ひとりや似ている考えの人同士では思いつかないようなことを提案してくれる。

実津子さんの手が、梓さんの背中を擦(さす)る。

「本当はね、お父さんも、なにもしなかったわけじゃないの。おじいちゃんが大福の大きさを変えたように、自分も新しい風を吹かせようとはしてたのよ」

「お、おい、実津子さん。その話は……」

和彦さんがたじろいでいる。だが、実津子さんは、相手にせずに続けた。

「良かれと思って、自慢のこし餡に外国の香辛料を加えて、味を変えてしまったの。そのせいで『代替わりして味が落ちた』って言われて、お客さんが離れちゃった。それ以来、一歩を踏み出すのが怖くなったのよ」

「な、なにそれ」

梓さんがぽかんとする。たじたじの和彦さんに顔を向け、実津子さんにも目をやり、やがて梓さんは堪えきれずに笑い出した。

「あはは。なんで変えちゃいけないところを変えちゃったの？」

「本当にねえ。お父さんの失敗で離れちゃったお客さん、梓の策で取り戻しましょうね」

実津子さんもころころと笑う。和彦さんだけ気まずそうな顔をしていたが、やがて彼も脱力した顔で笑った。

後日。「福もち堂」の前に、人だかりができていた。今日発売の新商品が、町の耳目を

集めているのだ。

パトロール中の僕も、自転車のカゴにおもちさんを乗せて、店の前を通りかかる。相変わらず古いその建物には、手描きのポスターが貼り付けられていた。

『かつぶし町新名物！　おもちさん大福』

白くて丸い大福に、桃色の羊羹でできた肉球がデコレーションされている。僕は自転車のカゴの中に目をやった。寝そべっているおもちさんの丸い足が、肉球を表に向けている。

「千客万来！　って感じですね。流石はおもちさん、招き猫の本領発揮です」

「猫用高級かにかま三本で、名前を貸してあげたですにゃ」

かつぶし町の愛され地域猫、おもちさんの名前を借りた大福は、たちまち町じゅうで話題になった。それまで「福もち堂」に気づいていなかった人たちも、この大福は食べてみたいと店に集まってきている。

大福の中身は自慢のこし餡である。あの味を知ったら、きっとまた何度でも食べたくなる。現に、僕もそうだ。もうすっかり、あのこし餡の虜(とりこ)である。

実津子さんから聞いたのだが、あれから梓さんはまた東京に戻ったらしい。でも、バイト先からの正社員登用の話は、蹴ってしまったそうだ。もうしばらくしたらまたかつぶし町に戻ってきて、四代目の元に弟子入りするという。

僕は賑わう店を横目に、自転車を引いて前を通り過ぎた。笹倉さんの言葉が頭に蘇る。

「こし餡で人生観、変わるもんですね」

「にゃ？」

僕の呟きに、おもちさんは耳をぴくっとさせたが、すぐに興味をなくしてうたた寝を始めた。

心霊カメラマン

平和なかつぶし町であっても、日々、小さな事件が起きている。この頃は特に、町をざわつかせる厄介(やっかい)な出来事が起きていた。

「昨晩も、町の方から通報がありました。夜中にも拘(かかわ)らず海辺で騒いでる人たちがいると」

ある当直の土曜日。じめじめと蒸し暑い、夏の始まりの頃。柴崎さんからの引き継ぎを受けて、僕はむ、と唸った。

「もう三度目の通報ですね。次から次へと新しい人が来てしまう」

かつぶし町の港から数キロ離れた場所にある、かつぶしトンネル。明治時代から現役の、全長一キロもあるレンガ造りのトンネルだ。

とある動画配信者が、これを心霊スポットとして紹介したのが始まりだった。この動画を見た人たちが肝試しに来るようになってしまい、深夜に大騒ぎしているのだ。

地元の風景が映ったのが嬉しかったのだろう、まずは近隣の大学生グループが心霊写真を撮りにきた。続いて中学生が真似をし、さらにはホラー映像収集家が県外から来てしまったりと、広がりを見せている。

ただトンネルを訪れているだけならなんの問題もないのだが、遅い時間に騒ぐ声は近隣に住んでいる人たちの迷惑になる。未成年が出歩くのも危険だ。さらには写真や動画撮影のために車道の真ん中へ出てくる人も相次ぎ、交通事故も起こりかねない。

昨日も、柴崎さんが近隣住民からの通報を受けている。僕も先日、騒ぐグループと近所の人が喧嘩しているのを仲裁した。翌朝ゴミが放置されているのが見つかるパターンもあった。署からも警戒を強めるように指示が出ており、僕たちは普段よりトンネル周辺に注意を払っている。

デスクの下で寝そべるおもちさんが、黄金色の目をぱちぱちさせ、首を傾げる。

「夜に海岸沿いのトンネルに来る人たちは、なにをしてるのですにゃ？」

「おばけを探しに来てるんですよ」

「おばけ。それはまた、けったいな」

僕の答えに、おもちさんは反対向きにも首を傾げ、ますます不思議そうに言った。

「わざわざ探さなくたって、おばけが好きな人の近くには、いつでもおばけがいるというのに」

「怖いこと言うのやめてくださいよ」

おもちさんがこういう発言をすると、背筋がぞわっとする。

僕は幽霊など信じていないのだが、この頃は、絶対にないとは言えなくなってきていた。なにせ目の前に、喋る猫がいる。

それはそうとして、今回騒動のきっかけになった心霊動画は、作り物だと思う。例の動画は、僕も確認している。心霊検証と称して、カメラを持った男性が、トンネルへ入っていくといった内容だ。

まず、男性が自分に向けてカメラを持ち、進入を宣言する。それからカメラの向きを変え、トンネル入口を映す。トンネルの天井には、カンテラを象った照明が並ぶ。火を思わせるオレンジ色の光が、趣きのあるレンガの壁を照らす。曲がりくねった一キロもの道を、奥へと進んでいく。歩みを進めるうちに、反対側の歩道にすっと、人影が横切る。しかしそちらにカメラを向けると誰もいない……という流れだった。

「ちょっと雰囲気のあるトンネルだからって、あんな動画作らなくても……。人が亡くなった場所でもないだろうに」

僕がぼやくと、柴崎さんがあっさりした態度で言った。

「あれ。小槙くん知らなかったんですか？　あそこ、本当に曰く付きですよ」

「えっ？」

耳を疑う僕に、柴崎さんは相変わらずの落ち着きぶりで返す。

「私も赴任する前ですが、あのトンネルで交通事故があって、三十代の男性が亡くなってるんです。それ以来、夜中にあの辺を通る人がなにか目撃する例は、それなりの頻度でありました」

「待って」

「今回の騒動の原因である動画も、映っている人影らしきものと亡くなった男性の体格が酷似しています」

そんな話、全然知らなかった。

「待って、流石に嘘ですよね？　柴崎さんはそんな不謹慎な冗談言う人じゃ……」

言いながら、僕は血の気が引く感覚を覚えた。

「そんな冗談言う人じゃないから、事実なのか」

「気になるのであれば、過去の事故の記録、確認してみるといいですよ」

柴崎さんがしれっと返してくる。絶句する僕を、おもちさんが眺めている。

トンネルは、ただ雰囲気があるから動画の舞台にされただけ……だと思っていたのだが、どうやら根拠があったようだ。それを知った途端、ムシムシした暑さなのに寒気に襲われた。

凍りつく僕に、柴崎さんが抑揚のない声で言う。

「おばけがいようがいまいが、私たちが対応する相手は人間です。今夜もまた見物客が来るかもしれません。小槇くん、警戒をよろしく頼みます」

「はい」

そうだ、僕らの仕事は、町の人が平穏に暮らせるように見守ることだ。例のトンネルの事故に続いて、次の悲しい事故が起きる前に、未然に防がなくてはならない。心霊スポットの噂、早く飽きられてくれればいいのだが。

その日の昼。春川くんが、お惣菜を配達しに来た。

「はい、小槇さん！　フライ弁当と、プリン」

「ありがとう。このプリン、レギュラー入りしてよかった」

先日食べそこねたプリンが、ようやく手に入った。プリンは町の住民たちのレビューを基に改良を重ねられ、生まれ変わった。そして満を持して、レギュラーメニューとして再登場したのである。

春川くんはカウンターの上、ケセランパサランの瓶の隣に、お惣菜屋さんの袋を置いた。そしてカウンターに頬杖をついて、呆れ顔になる。

「前に買ったのは横取りされちゃったんだっけ。鈍臭（どんくさ）いなあもう。おまわりさんなんだから、しっかりしてよ」

「ごめんごめん。今度はおいしくいただくよ」

「そうだぞ。今度こそ感想、聞かせてよ」

そこへぽてぽてと、おもちさんが歩いてきた。カウンターに上がって、そこで昼寝を始める。春川くんが、おもちさんの丸まった背中を撫でた。

昼の陽気と柔らかなおもちさんの取り合わせは、見ていると眠たくなってくる。春川くんも、おもちさんの惰眠に誘われて、欠伸をした。

「ねむ。昨晩寝付きが悪かったせいもあるな。零時過ぎだってのに、バイクの音がうるさくって」

微睡んでいるおもちさんも、耳をぴくっとさせた。

「柴崎ちゃんがお叱りを入れた人たちですにゃ」

「そうそう。この頃、海岸沿いのトンネルの方によく人が来るから、騒がしいんだよな」

春川くんが眠たそうに目を擦（こす）る。僕は小さく項垂れた。

「ごめんね。なるべく早く注意できるように、頑張るね」

「うちの学校でも、あの動画は話題になってるよ。『行ってみよう、心霊写真撮れるかも』ってノリで遊びに行こうとしてる奴がいた」

春川くんが僕に報告し、したり顔をした。

「でも俺、止めたよ！　なんで行っちゃだめなのか、ちゃんと話せば分かってくれた」

「ありがとう春川くん」

一般市民の春川くんだって協力してくれているのだ。僕もこの問題を根本から解決できるように努めようと、改めて誓う。

春川くんは、おもちさんの背中をぽんぽんと優しく撫でていた。

「トンネルの幽霊かあ。俺も父ちゃんから聞いたことあるよ。何年も前、あそこで事故があったって」

柴崎さんも話していた件だ。つい身構える僕を尻目に、春川くんがのんびり語る。

「事故で亡くなった人、写真家さんだったんだって。深夜の海とトンネルの写真を撮り集めてる人で、あのトンネルを撮ってたみたい」

かつぶしトンネルは、明治時代の建造物であり、レトロな外観が見栄えする。その写真家さんも、かつぶし町の海とオレンジ色に光るトンネルの、美しい光景を切り取りたかったのだろう。

春川くんは、気の毒そうに続けた。

「写真に夢中で、車に気づかなかったのかな？　俺も野良猫見つけると写真撮りたくなって、いきなり立ち止まっちゃう。気持ちは分かんなくもないな」

春川くんは、野良の黒猫を拾って家族に迎え入れている。彼の性格なら、猫を見かけると気を取られてしまうのも無理もない。

　ふと僕は、最近気になっている猫を思い出した。

「猫といえばこの頃、町でおもちさんによく似た猫を見かけるんだけど、春川くんは見たことある？」

「えっ！　なにそれなにそれ、知らない！」

　春川くんはおもちさんを撫でつつ、勢いよく僕を振り向いた。

「おもちさんにそっくりって、こういう体型でこんな模様なの？」

「そう。おもちさんよりちょっと焦げてる」

「知らなかった！　見たい見たい。二匹で並んだら面白い絵面になるぞ」

　興奮気味に、春川くんが目を輝かせる。眠りかけていたおもちさんが、春川くんの声で目を覚まし、ゆっくり頭を擡げた。

「会わない方がいいですにゃ」

「えー、なんで？」

　春川くんがおもちさんの首を擽る。おもちさんは気持ちよさそうに目を閉じ、再びくてりと頭を寝かせた。

「吾輩の方がかわいいですにゃ。吾輩ひとりで事足りるですにゃ。会ったことないから知らにゃいけど」

「あはは、焼いたお餅みたいな猫が焼きもち焼いてる。大丈夫、そっくりな猫がいたって、おもちさんの人気は揺るがないよ」

春川くんも、おこげさんを見ていない。柴崎さんも会っていないし、笹倉さんからも特に聞かない。そっくりさんであるおもちさんだって、まだ顔を合わせていない。僕以外に、おこげさんを見た人はいるのだろうか。

それから夜になり、僕はパトロールに出かけた。

べったりと湿度が高く、蒸し暑い。自転車のカゴに懐中電灯や警棒などの荷物を積んでいると、足首にぽんと、おもちさんがぶつかってきた。

「吾輩も乗るですにゃ」

「一緒に行くんですね」

僕はカゴの中の荷物を寄せて、おもちさんを抱き上げ、隙間に入れる。おもちさんはカゴの網目から毛をはみ出させ、縁に顎を置いた。

「トンネルにはおばけが出るですにゃ。小槇くん、怖いとかわいそうだから、吾輩が傍にいてあげるですにゃ」

「怖くないですよ。おばけが怖くて警察官が勤まりますか！」

僕がはっきり言い返すも、おもちさんは目を細めてにんまりしていた。

「怖いときは遠慮なく、吾輩をぎゅっとしていいですにゃ」

「しませんよ。子供じゃないんだから」

「大人だっておばけ怖いですにゃ。だっておばけは、見くびってはいけない、実に恐ろしいものだから」

喋る猫だっておばけみたいなものなのに、おもちさんはそんなことを言った。

おもちさんとともに、夜更けのかつぶし町へ繰り出す。商店街、住宅地と巡回し、そして今最も注意すべき、海岸沿いのトンネル付近へと向かった。

自転車の音と、微かな波の音がする。街灯の少ない海浜通り沿いには、錆びついた古い建物が身を寄せ合っている。おもちさんは無言だ。どうやら寝てしまったみたいだ。時が止まっているかのような静けさの中、ただ、自転車と漣の音だけが鼓膜を擽る。

古びた住居が並ぶ先に、件のトンネルが見えてきた。僕は自転車のブレーキを握り、ひび割れたアスファルトに爪先を下ろす。

アーチ型の入口が、ぽっかりと口を開けている。脇のレンガ造りの外壁は、伸び切った蔦と茂る苔に覆われている。中はカンテラ型の照明が点々と並んでいるものの、あまり光を拡散しておらず、足元まで灯りが届いていない。数メートル先は全く見えない。

懐中電灯で周辺を照らす。見物客は見当たらず、ゴミが散乱している様子もない。もうしばらく見回りをしようと、再び足をペダルに乗せようとした、そのときだ。

視界の端にふっと、痩せた人影が横切る。振り返ると、猫背の男性がそこにいて、トンネルの中へと入っていった。つい数秒前までいなかったのに、いつの間に現れたのか。

「あの、すみません！」

僕が声をかけると、男性はびくっとしてこちらに顔を向けた。三十代程と見られる、眼鏡の男性だ。白い薄手のTシャツを着ており、首からは、ストラップで吊ったカメラを提げている。彼は眼鏡の奥で目を剥いた。

「わあっ、警察!?　職質？　ご苦労様です」

僕は自転車を降りて、スタンドを立てた。寝ているおもちさんの横から荷物を取り、男性に駆け寄った。

「こんな時間にどうしたのかなと思いまして」

「怪しい者じゃないんです。ただ、写真を撮りに……」

どうやらこの人も、動画に触発されて心霊写真を撮りに来たみたいだ。僕は彼のカメラに目を落とした。ガッシリとした黒い一眼レフカメラは、ひょろりとした細い体には重たそうに見える。

「最近、この辺で騒ぐ人が多いので、注意を呼びかけてるところなんです」

僕がそう言うと、カメラの男性は、ふむと腕を組んだ。

「そうなんですよ！　マナーの悪い人たちはどの界隈でも問題になりますね」

彼は眼鏡のブリッジを指で押し上げて、自分も被害者であると言わんばかりに訴えかけてきた。

「このトンネル、俺は何年も前から目をつけていたんです。だというのに、このところは荒らす人たちが来て、困ってるんです」

そういえば、動画で話題になる前から、このトンネルには幽霊の目撃情報があった。この男性は、動画が広まるより前から、心霊写真のシャッターチャンスを狙っていたのだろう。

「そうですね。僕らも気を配ってはいるんですが……」

「美しいレンガの壁に、落書きなんかされたら堪ったもんじゃないですよ。風情が失われてしまう」

男性がトンネルの奥を見つめる。

「明治時代から現役という、長い歴史。ひとつひとつレンガを手積みする当時の建築法。静謐な夜をバックに温もりを抱く、この佇まいが魅力なのであって……！」

「というと、あなたは心霊写真を撮りに来たんじゃなくて、この歴史あるトンネルが好きなんですね」

彼の語り口から察するに、この男性の目的は幽霊ではなく、トンネルそのもののようだ。男性が語りを止めた。

「へ？　心霊写真？」

「はい。ここ、幽霊が出ると噂になってるんです」

「なんだと。もしかして、マナーの悪いカメラマンたちは、そっちが目的だったのか」

男性はこの事実に今気づいたらしく、顔色を変えた。

「それじゃあ、町に迷惑がかかってるのは、元を辿れば俺のせいだったのか」

「ん？　どういう意味ですか？」

目をぱちぱちさせる僕に、男性はしきりに頭を下げた。

「すみません、あの夜は警察の方々にもお世話になりました。元から交通量が少ない道路だった上に夜中だから、油断してしまって。いい写真を撮ろうとばかり考えて、車道の真ん中まで出てしまいました」

「ええと、なんの話ですか？」

「トンネルの中は、灯りが弱くて数メートル先は真っ暗です。ドライバーも、人がいるの見えなかったみたいです。俺が写真にばっかり夢中になってて、周りを気にしなかったから、ドライバーに悪いことをしてしまった」

「あの……」

「今も、自分がここに執着してしまったせいで、こんなことに。もうこれ以上はおまわりさんの世話になるわけにはいかない」

男性は一方的に話すと、勢いよく腰から曲げてお辞儀をした。

「いつまでも留まるのはやめて、行くべきところへ行きます。それでは、失礼します！」

吊られたカメラがひゅんと揺れる。それを目で追った僕は、息を呑んだ。

男性が僕に背を向けて、トンネルの中へと駆け出していく。僕はしばし呆然として、彼の背中がトンネルの闇に呑み込まれていくのを見送っていた。

すると、足元からのんびりとした声がした。

「なにをぼけっとしてるですみゃ」

「うわっ！」

下を見ると、まん丸な顔の猫が僕を見上げている。

「おもちさん、いつの間にか起きたんですね」

いつ自転車を降りたのだろう、などと考える僕に、もっちりした声が畳み掛けてくる。

「早くあの人を追いかけるですみゃ」

白く丸い体がぽよぽよと走り、トンネルの中へと飛び込んでいく。僕は目を丸くして、その背中を追いかけた。

「おもちさん！」

トンネルの中はやけにひんやりと涼しかった。灯りの周りだけが曖昧に照らされているだけで、周りがよく見えない。自分の手の中にある懐中電灯の光が頼りだ。

先を照らすと、光っているふたつの目が見えた。白い丸い毛玉がぽつんと浮かび上がる。僕はそれに駆け寄り、気づく。

おもちさんだと思っていたが、よく見たら、背中の色が違う。先程は暗くて分からなかったけれど、これはおこげさんの色だ。僕が追いかけていたのは、おもちさんではなくて、おこげさんだった。

「あれ？　じゃあ、本物のおもちさんは……？」

「立ち止まっちゃだめですみゃ。進むですみゃ」

おこげさんは僕を見上げ、先へといざなっていく。僕は促されるまま、奥を懐中電灯で照らして歩いた。

「おこげさんも、人の言葉を話せるんですね」

「ふむ。それがしの名を『おこげさん』と呼んでいるですみゃ？」

「はい、僭越ながら、呼び名をつけさせていただいています」

「構わないですみゃ。好きに呼んでよいですみゃ」

狭いトンネルの中では、声がやけに反響する。

「因みに僕は小槇と申します」

「知ってるですみゃ」

なんで知っているのだろう。どことなく不気味だ。

トンネルが延々と続いている。等間隔《とうかんかく》に並ぶカンテラと、変わり映えしないレンガの壁が、ただただ先へと延びている。カメラの男性の姿は、全く見当たらない。空気は涼しいけれど、蒸している。じんわりと暑いのに、体は冷えてきた。暑いのに寒いなんて、夏風邪でもひいただろうか。

折角なので、僕はおこげさんからいろいろと、話を聞いてみることにした。

「おこげさんは、おもちさんとそっくりですが、どういったご関係なんですか？」

「なんの関係もないですみゃ」

「他人の空似ですか。でも、喋る猫なんてそういるものじゃないですよね。なんというか……種類が同じなんでしょうか？」

おこげさんは答えない。こちらを振り向かず、短い足を交互に出してトコトコ歩いていく。それから今度は、おこげさんの方から問いかけてきた。

「小槇くん。君は、どんな未来を求めるですみゃ？」

「未来、ですか？」

「それがしは人の願いを、望みを、理想を、叶える猫ですみゃ」

おこげさんの声が響く。おもちさんも、町の人から願掛けされている。やはりおこげさんも、おもちさんと同じような猫らしい。おこげさんがのんびり話す。

「君が君らしくあるために、理想に近づくお手伝いをしたいのですみゃ。まさか目標もなく惰性でおまわりさんやってるわけじゃないですみゃ？」

「もちろん目標はありますよ。漠然としてますけど」

僕はかつて、子供の頃に自分を助けてくれた駐在さんを思い浮かべた。

「困っている人にすぐに気づいて、駆けつけて、手を貸してあげられる人……で、ありたいです」

改めて言葉にしてみると、なかなか凡庸である。模範解答を丸写ししたみたいな言葉で、薄っぺらに聞こえる。

「そんなの人として当たり前なんですけど。僕なんかまだ経験が浅くて頼りないから、まずは安心して頼ってもらえるようになりたいです」

春川くんからも、冗談半分に「鈍臭い」といじられたばかりだ。

「と、いうのは僕の目標であって、おこげさんにどうにかしてほしいものではないですよ。僕はただ、皆が楽しく平和に暮らせたら、それがいちばん嬉しいです」

おこげさんがようやく、こちらに顔を向ける。

「抽象的ですみゃあ」

丸い尻尾がゆらりと振れる。

「もっとはっきり、具体的なのないですみゃ？　別の課に異動したいとか、お金持ちになりたいとか、そういうのでもですみゃ」

ぐいぐい訊ねられ、僕は苦笑いした。

「あのー、僕のことはいいから、おこげさんの話を聞かせてくれませんか？　おこげさんを見た人、知る限り僕しかいないんですけど、普段どこにいるんです？」

「それがしは、かつぶし町にいたりいなかったりするですみゃ」

おこげさんが曖昧な返事をする。

「それがしの姿を見る人は、それがしが決めるですみゃ。決める基準は、それがしが決めたり決めなかったりするですみゃ。それはそれがしが『そういう猫』だったり、そうでなかったりするから」

おこげさんの回答は独特だ。聞いていると、訳が分からなくなる。

寒い。湿度が高くてべったりと暑い、夏の気候なのに、どうしてかすごく寒い。

それに、やけにトンネルが長い。長さは一キロのはずだが、もうそれ以上歩いている気がする。出口が全く見えてこない。しかも、車が一台も通らない。

僕は今、どこを歩いているのだろう。

ぷつんと、懐中電灯の光が消えた。周辺が一気に暗くなる。

「うわっ！　電池切れ？　壊れた!?」

スイッチをカチカチ触ってみたが、一向に光らない。天井のカンテラの灯りだけでは、足元のおこげさんすら見えない。

だというのに、おこげさんの声は、少し先から僕を呼んでいる。

「早くついてくるですみゃ。一本道だから、真っ暗でも迷わないですみゃ」

「でもおこげさん、さっきのカメラの人、どこにもいないですよ」

「ついてくるですみゃー」

僕は少し悩んで、再び、おこげさんの声の方へと歩き出した。

今までの経験上、おもちさんの言うことは聞いた方がいいのを知っている。おこげさんがおもちさんと同じような猫だとしたら、おこげさんの案内には従っておくべきだろう。

と、足を踏み出したときだった。

「小槇くん。そっち行っちゃだめですにゃ」

声は、遠く、背後から聞こえた。僕は立ち止まって、来た道を振り返る。

「おもちさん?」

「戻ってくるですにゃ。そっちに行ったら、迷ってしまうですにゃ」

ふわんと反響するその声は、おこげさんのものとよく似ているけれど、違う。これはたしかに聞き慣れている、おもちさんの声だ。僕は踵を返し、声のする先へと向かう。

だんだん足に戸惑いがなくなって、駆け足になっていく。途中で懐中電灯が光を取り戻した。ぱっと周辺が明るくなると、歩道にちょこんと座る猫の姿が見えた。

そこに向かって走っていく。おもちさんも、僕が来たのを見て、道を逆戻りした。そしてほんの数分のうちに、僕たちはトンネルの出口へと放り出された。

「あれ……？　トンネル、こんなに短かった？」

随分長くトンネルの中を歩いた気がするのに、帰りは一瞬だった。そして外に出たら、中で感じていた寒気が嘘のように引いた。トンネルの手前には、僕が路肩に停めた自転車がひっそりと佇んでいる。

急に走ったせいだ。息が上がって、心臓がばくばく飛び跳ねている。

僕は今、なにをしていた？　トンネルの異様な長さ、あの寒気はなんだったのだろう。

僕はどこへ行こうとしていた？

動悸が収まらない。胸に手を押し付けて、荒い呼吸を繰り返していると、足元からまったりした声が聞こえてきた。

「小槇くん」

おもちさんが、自転車に歩み寄っている。

「吾輩、お腹がすいたですにゃ。帰るですにゃ」

ころころとした丸い姿と、普段どおりの気の抜けるような声。僕の胸はまだ、激しく早鐘を打っている。僕はおもちさんの横にしゃがんで、手を伸ばした。

「失礼します」

おもちさんを腰から持ち上げて、きゅっと抱きしめる。柔らかくてなめらかな毛の感触と、温かさに包まれると、暴れる心臓が徐々に落ち着いてくる。おもちさんは大人しく抱っこされていた。

それから僕は、おもちさんを自転車のカゴの中に下ろした。

「ふう、ありがとうございました」

「気が済んだですにゃ?」

「お陰様で。それじゃ、異変は特にありませんでしたし、交番に戻りましょうか」

僕はおもちさんの横に荷物を積み込んで、交番への帰路についた。

あれから数週間。心霊トンネルは、すっかり飽きられていた。あのあと何組かは見物に来る人がいたけれど、「なにも起きない」と興醒めされたのである。

笹倉さんがデスクでお茶を飲みながら、膝の上のおもちさんを撫でている。

「最初の動画とその直後の大学生の写真には、たしかに変なもんがいた。そのあとの中学生たちも、全員の携帯が壊れたと話していた。県外からもホラー好きが遊びにきて、あれだけ話題になったけど……」

ずず、と、お茶を啜って、笹倉さんは続けた。

「先々週、小槇が当直やったあとから、心霊現象がぱったり起きなくなった。そりゃあつまんねえから飽きられるわ」

「うーん、ははは……心霊現象、なんで止まったんでしょうね」

僕はあの日の出来事は、あまり思い出さないようにしている。

首からカメラを提げた男性が、お辞儀をしたとき。視線が下がった僕は、気づいてしまった。彼の脚が、膝から下が透けていたことに。

トンネルで起きたという過去の事故の記録は、迷ったけれど、ひとまず今は見ないでおいた。なんとなく、まだ確信したくない。自分の中で整理がついたら、いつか向き合おうと思う。

そしてもうひとつ。もしもあの男性が、この世のものではなかったのだとしたら。おこげさんの言うとおりにあの男性を追いかけていたら、僕はどこへ導かれていたのだろうか。トンネルは公道なのに暗すぎた気がするし、あの寒気の正体も分からない。おこげさんも、何者なのか謎のままだ。

今思うと、変な夢でも見ていた気分だ。幸い、おもちさんが呼び止めてくれたおかげで、我に返ったけれど。

笹倉さんがからから笑う。

「小槇お前、もしかして除霊ができるのか？　すげえな」

「してませんって。……多分」

笑顔が引き攣る僕を一瞥し、おもちさんは大欠伸をしていた。

しつこいウサギ

「この綿毛、なんか大きくなってきた気がするね」

春川くんが、お惣菜の配達に来た。夏休み中の彼は、家にいても暇なのか、カウンターのケセランパサランを眺めて僕に話しかけてくる。僕はおもちさんを抱き上げて、そんな春川くんを見ていた。

「おしろいをあげてるのと、関係あるのかな」

「おしろい？」

「うん。餌がおしろいなんだって」

ケセランパサランは、伝説上、生き物とされている。おしろいを与えないと飢えてしまい、空気孔がないと窒息する。……らしい。ケセランパサランが成長するというのは、多分、降り積もった粉が綿の繊維の先端について、膨らんでいるだけなのだろう。

と、思っていたのだが、この頃そんな考えが疑わしくなってきた。

春川くんがいろんな角度から、ケセランパサランを覗き込む。

「すげー。おしろい纏(まと)ってるんじゃなくて、吸い込んでるんだ」

ケセランパサランは、おしろいを振りかけた直後は単に粉を浴びた姿をしているのだが、しばらくしてから見ると粉が消えているのだ。まるでケセランパサランが、粉を自分の中に取り込んだかのように。

エアープランツという、土がなくても育つ植物がある。このケセランパサランも、その手の植物の仲間なのだろうか。そうだとしても、おしろいで成長するとは変わった植物である。

春川くんが僕を振り向き、にぱっと笑った。

「そのうち意思を持ったりしてね！　自由にふわふわ飛んでたら、おもちさんみたいに町じゅうからかわいがられるよ」

それを聞いたおもちさんが、耳を真っ直ぐ立てた。

「吾輩がおやつ貰うみたいに、この子はおしろい貰うですにゃ？」

「あはは！　そうだな。おしろい、常備しておかないと」

春川くんは可笑(おか)しそうに笑ってから、またケセランパサランを見つめはじめた。

「自由に飛ぶかどうかは分からないけどさ、心が宿るってことは、あるかもしれないよな。大事にされてるものには、そういうのがあるんだって」

ケセランパサランは、瓶の底でじっとしている。春川くんの指先が、瓶の表面をつついた。

「もしそれが本当だとしたら、俺のギターも生きてるのかなー」

物に心が宿る、というのは、「物を大事に扱おう」という戒めを込めた迷信だろう。もちろん大事に扱うに越したことはないから、いい考え方だと思う。

おもちさんが金色の目をのんびり閉じた。

「春川くんのギターは、春川くんの作る歌を歌うのが好きですにゃ」

途端に、春川くんが顔を上げて背筋を伸ばす。

「ほんと⁉　やったー！」

「んにゃ。話したことないから、知らないけど」

「テキトーじゃん！」

温度差のあるふたりのやりとりを、僕はケセランパサランとともに楽しんでいた。

その男性がやってきたのは、この日の夕方だった。
「玄関の扉前に、ウサギのぬいぐるみ、ですか」
「はい」

青ざめた顔で頷いて、男性はカウンターにぼろぼろのぬいぐるみを置いた。

「何度捨てても、翌日にはまた扉の前に置かれているんです。気味が悪くて……」

鈴原祥平さんは、この町に住む二十代後半の男性である。近頃彼を悩ませているのが、このウサギのぬいぐるみだった。

くったりした質感の淡い桃色の布地に、黒いボタンでできた目、鼻と口は刺繍。花柄のワンピースに、淡い茶色のボレロを羽織っている。全体が灰色っぽく薄汚れていて、本来の色が分からない。

僕は慎重に、ぬいぐるみを観察した。タグなどはなく、縫い目の粗さを見ても、どうやら裁縫慣れしていない人の手作りのようだ。

このぬいぐるみは、ある日突然、鈴原さんの自宅前に出現した。玄関の扉に立てかけられるようにして、座った姿勢で置かれていたという。会社に出かける前の鈴原さんが気づき、家の前、歩道の電柱下に移動させた。誰かが間違えて鈴原さんのところへ置いてしまったのだと考え、真の持ち主の目に届きそうな場所へ動かしたのだ。

しかし翌日も、同じぬいぐるみが扉の前に戻ってきていた。鈴原さんはぬいぐるみを、紐で電柱に括り付けた。大人の目線の高さに合わせて縛っておき、「落とし物」と書いたメモも一緒に吊るした。

それでも翌日、ぬいぐるみが戻ってきた。いたずらだと確信した鈴原さんは、ぬいぐるみをゴミ袋に入れて捨てようとしたが、それで家庭ゴミを特定されて荒らされるのも怖い。彼はぬいぐるみをそのまま、ゴミ置き場に置き去りにした。

だというのに翌日、またぬいぐるみは舞い戻ってきた。

「うわあ。気持ち悪いですね」

僕は思わず、率直な感想を漏らした。鈴原さんの血色の悪い顔が、震え声を出す。

「こういうの、ストーカーの攻撃の手口としてよくあるんですよね？　不気味で仕方ないです」

鈴原さんが心配するとおり、ストーカーは、相手の気を引くためにこういう嫌がらせをする例がある。彼の不安を察して、僕は訊いた。

「ストーカーに心当たりはありますか？」

「自分にはないけど、もしかしたら恵(めぐみ)……妻にはあるかも……」

鈴原さんは悍(おぞ)ましそうに震えている。

僕たちが神妙な顔で話す後ろでは、おもちさんがキャビネットの脇の涼しい場所でごろ寝している。鈴原さんはこのぬいぐるみに悩まされてよく眠れていないようで、目の下に濃い隈ができていた。

「今、妻の恵は、出産のために入院しているんです。このぬいぐるみが置かれるようになったのは、妻が入院したあとからでした」

「では、恵さんはこのぬいぐるみのことは……？」

「伝えてません。ただでさえ、出産でデリケートな時期です。これ以上、ストレスを感じさせたくない」

鈴原さんが疲れ切った顔で項垂れる。

「ただぬいぐるみが置かれてるだけで、怪我をしたわけでもない。こんな些細なことで警察に相談するのは大袈裟かなと、迷っていましたが……今夜、妻が退院して帰ってくるので、そうも言ってられなくなりました。それでこうして交番に持ってきたんです」

「全然些細じゃないです。もっと警察を頼ってくれていいんですよ」

「やっぱり、ストーカーでしょうか。こういうの、ぬいぐるみの中に盗聴器を仕込んで、家の中に持ち込まれるのを待っている場合もあるって、聞いたことがあります」

鈴原さんが前のめりになる。奥さんの出産で、夫の彼も神経質になっているのだろう。

彼は険しい顔で訴えてくる。

「犯人、捕まえてください」

「うーん……今の段階だと、難しくて……」

ぬいぐるみは、触った感じ、軽くて柔らかい感触しかない。盗聴器が入っていれば、硬いものがあるはずだ。

それに、こんな汚れたぬいぐるみが自宅の前にあっても、家の中に持ち込む可能性は低い。となると、これに盗聴器を入れるというのは考えにくい。

この状況だと、ストーカー規制法に引っかかるかどうか、そして捜査に乗り出せるか、微妙な段階である。例えば、近くに住む子供が友達の忘れ物のぬいぐるみを家に届けようとしていて、届ける家を間違えている、なんて可能性もあるのだ。

鈴原さんは声を大きくした。

「警察はいつもそうだ！　頼ってくれと言うくせに、なにか起きてからじゃないと動いてくれない！」

「そうなんです、すみません」

僕だって、この仕事のこういう側面にやきもきさせられる。

鈴原さんの奥さん、恵さんは、今夜、生まれたばかりの赤ちゃんを連れて帰ってくる。恵さんは出産という大仕事を終えて、今度は鈴原さんとふたりでの、育児という次の大仕事が始まる。恵さんの心と体調も不安定な時期だ。余計な心労をかけたくない鈴原さんの気持ちは、考えなくても分かった。

だというのに、目の前に不安がっている人がいるのに、この段階では動けない。

大声を出した鈴原さんも、僕の気持ちを察してくれたのか、ハッとした顔で言葉を呑んだ。そして俯き、大きなため息をつく。

「すみません。八つ当たりですね、こんなの……」

「いえ、僕の方も、申し訳ございません」

クールダウンした鈴原さんは、暗い目を伏せて呟いた。

「引っ越さないとだめかなあ……。妻と娘になにかあったらと思うと、恐ろしくてたまらない。こんな嫌がらせをされるんじゃ、落ち着いて生活できない。でも、家、建てたばかりなのに……」

「ひとまず、このぬいぐるみは落とし物として警察で預かります。ご自宅の周辺は、パトロールを強化しますね」

僕が言うと、鈴原さんは縋り付くような目で僕を見て、深々と頭を下げた。

「よろしくお願いします」

「承りました。鈴原さんは、鈴原さんご自身と、恵さんとお子さんを守ってください。別の嫌がらせが始まるようなら、すぐに連絡してくださいね」

僕がぬいぐるみを持って立つ後ろでは、おもちさんが頭を起こし、金色の瞳でこちらを見つめていた。


その夜、夜間パトロールから帰ってきた僕は、床にウサギのぬいぐるみが落ちているのを見つけた。

「あれ？　箱に入れたのに」

出かける前に、ぶつけて落としてしまったのだろうか。僕はそれを箱に戻し、床でごろ寝しているおもちさんに言う。

「おもちさん、いたずらしました？」

「吾輩はなにも」

しらばっくれているのか、本当に知らないのか、おもちさんの態度は分かりにくい。

今夜の巡回も、異常なし。異常はなかったが、商店街の路地裏で、おこげさんが横切ったのを見かけた。トンネルの一件からも、僕は時々おこげさんを見ている。だがおこげさんはいつも、遠くを横切る程度で、トンネルのときのように会話はできていない。

僕は度々目撃しているというのに、不思議なことに、僕以外誰からもおこげさんの目撃情報を聞かない。おもちさんもなにも言わない。

おこげさんは、一体なんなのだろうか。少なくとも言葉を喋るのだけは分かった。外見がおもちさんに似ているだけの、ただの猫ではない。そうだとして、おこげさんはどうして、そしてどこへ、僕を連れて行こうとしたのだろうか。

『それがしは人の願いを、望みを、理想を、叶える猫ですみゃ』

おもちさんと同じようでいて、なにかが違う。うまく言えないけれど、あの猫は「招き猫」っぽくない。

床で寝ているおもちさんの背中が、呼吸に合わせて上下している。おこげさんが、なんなのか。考えたところで正解は出ない。なにしろ僕は、おもちさんがなんなのかすら、よく分かっていない。

夜を迎えた交番は静かだ。夜風がガラス戸を揺する音が、やけに響いて聞こえる。僕は給湯室でコーヒーを作って、デスクについた。片手でカップを持ち、もう片手で、置いてあった書類を手にした。

鈴原さんに書いてもらったこの書類によれば、ウサギのぬいぐるみが最初に現れた日は、三日前の朝だ。それから鈴原さんは二回、ぬいぐるみを自宅前歩道に移動させている。家の前に何度も置かれるのが嫌がらせだとしたら、やっているのは近隣住民である可能性が高い。近くに防犯カメラがあれば一発で犯人が分かるが、かつぶし町はカメラが少なく、商店街にいくつかあるくらいで、住宅地には殆どない。

鈴原さんの気持ちを思うと、僕まで胃が痛くなってくる。赤ちゃんが生まれたというおめでたいときに、水を差されてしまったのだ。

デスクの端には、白い箱が置いてある。中には、鈴原さんから引き取っているウサギのぬいぐるみが入っている。当直が明けたら、書類とこのぬいぐるみを署に持っていく。

僕は書類をデスクに置いて、コーヒーをひと口啜った。インスタントの慣れ親しんだ味が、ほっと染み渡る。ひと息ついてから、ぬいぐるみの入った箱を引き寄せた。蓋を開けると、灰色に汚れたウサギが寝そべっている。

改めて見てみても、薄汚い。毛は潰れていて触り心地が悪く、縫い目が粗くて、糸はところどころ切れてしまっている。隙間から覗く綿も、汚れを吸着していた。長い耳は力なく草臥(くたび)れており、折角のお洋服はぼろぼろに破れている。真っ黒のボタンの目は砂埃(すなぼこり)でくすんでいて、光を失っている。

でも本来のきれいな姿だったら、きっと、もっとかわいいぬいぐるみだったのだろう。そう感じさせる顔だ。

床で伸びているおもちさんが、薄目を開けて僕を見上げた。

「小槇くん。ウサギさん、これからどうなるですにゃ？」

「このまま鈴原さんへの嫌がらせが止めば、ぬいぐるみは落とし物として受理されるだけです。けれど他の嫌がらせが始まって、それがストーカー規制法に触れるようなら、証拠品として扱われます」

ぬいぐるみが無垢(むく)な表情で、ボタンの目でこちらを見ている。

「嫌がらせの犯人を特定するために、いろいろと調べるんです。鈴原さんの立ち会いのもと、盗聴器が入ってないか確認するために、中を開けて実況見分とか……」

僕がそう答えた途端、おもちさんが飛び起きて、目をカッとまん丸く開いた。

「にゃっ!?　中を開ける？　お腹を切るですにゃ？」

　瞳孔も開いて、目が黒くなっている。そんなに驚くことを言っただろうか。おもちさんは僕の膝に上り、胸に前足を乗せてきた。

「だめですにゃ、そんなことをしては！」

　必死に訴えてくるおもちさんに、僕はどきりと、嫌な予感を察知した。

　おもちさんは、僕らよりも勘が鋭い。というか、未来を見抜いているかのような言動をするときがある。こんなに必死に止めてくるのには、理由があるに違いない。

「どうして、だめなんですか？」

「死んでしまうかもしれないから、ですにゃ」

　おもちさんの言葉に、ぞわっと背筋が寒くなる。

「おもちさん、これの中になにか入ってるか、分かるんですか？」

　北里さんが言うようにおもちさんに超能力があるとしたら、ぬいぐるみの中を透視できる……なんてことも、ありえなくはない。「開けたら死んでしまう」というのなら、劇薬でも仕込まれているのだろうか。綿の中に薬品の入った袋が潜んでいて、ぬいぐるみに刃物を入れると、袋が破ける……万が一、そんな設計になっているとしたら。

　僕の胸元まで来ていたおもちさんの顔が、きょとんとした。

「なに、というと」

僕は最悪の事態を予想したのだが、訊ねられたおもちさんの回答は、拍子抜けするものだった。

「ぬいぐるみだから、お腹の中は綿ですにゃ」

「綿、だけですか?」

「あとはハート。ともかくお腹を開けたら、ウサギさん、痛いですにゃ」

そういえばおもちさんは、よく物に感情移入する。どうやらおもちさんの「開けたら死んでしまう」は、「開けた人間に危険が及ぶ」ではなく、「お腹を切ったらウサギさんが死んでしまう」という意味合いだったようだ。

「そっか……中身が危ないものじゃないとしたら、質(たち)の悪い嫌がらせかな」

いずれにせよ、おもちさんの発言だけでは確認できたとは言えない。開腹手術に持ち込むかどうかは、このあとの流れで決まる。

おもちさんは不服そうに僕を見ていたが、やがて押し付けていた前足を下ろして、床に降りた。僕はウサギの箱に蓋をして、仕事に戻る。

それから数分後、コーヒーを飲みながら、僕は書類作成をひと段落させた。ひとつ伸びをすると、おもちさんが声をかけてきた。

「さて、そろそろ休憩してはいかがですにゃ?」

「そうですね」

壁掛時計を見ると、午前二時半を回っていた。仕事も落ち着いているし、少し仮眠を取ろう。休憩室へと移動する僕に、おもちさんも、のこのことついてきた。

「吾輩も寝るですにゃ」

仮眠を取るとき、おもちさんはよく寄り添ってくる。おもちさんは一日じゅう、好きなときに寝ているが、人にくっついて眠るのもお気に入りなのである。冬場は湯たんぽ代わりになってありがたいのだが、この時期はちょっと暑い。

僕は一旦休憩室に入ってから、あっと口をついた。

「デスクに置いたコーヒーカップ、そのままだった。洗ってきます」

「そんなの起きたらでいいですにゃ。吾輩、眠いですにゃ」

おもちさんが文句を言っているが、僕はカップを放置したくない。カップを回収しに事務室に戻って、そしてとんでもないものを目の当たりにした。

事務室の床を、ウサギのぬいぐるみが歩いている。

「うわああ！」

僕が悲鳴をあげると、ぬいぐるみはびくんっと飛び上がって、その場にぱたりと倒れた。

僕の声に反応して、おもちさんも事務室にやってきた。

「どうしたですにゃ小槙くん、らしからぬ大声をあげて」

「今、ぬいぐるみが歩いて……！」

危うく腰を抜かすところだった。僕は声を震わせ、倒れているぬいぐるみを指さした。おもちさんに報告しながら、だんだん冷静になってくる。

「いや、そんなわけないか。きっと見間違えただけだ」

ぬいぐるみが歩くはずない。僕はぬいぐるみをデスクの上の箱に戻した。きっちり蓋をして、小さく息を吐く。

「さっきまでデスクにこうしてあったはずなのに、いつの間に落としたんだろう。そういえば、パトロールから帰ってきたときも床に落ちてたな」

「ウサギさんが自分で脱出したたですにゃ」

おもちさんがなにか言い出したが、僕は取り合わなかった。

「なに言ってるんですか。そんなはずないですよ」

「でも小槇くん、『ぬいぐるみが歩いた』って言ったたですにゃ」

「たしかにそう見えて、叫びましたけど。見間違えたんです」

まさか、ぬいぐるみがひとりでに歩くわけない。先程触った感じでは、中に機械仕掛けが入っている様子はなかった。

僕はデスクからカップを取り、給湯室で洗った。おもちさんは足元で僕を待っている。カップを濯(すす)ぐ水音の中、ふいに、事務室の方からパコンと音がした。

「ん？」

思わず、手を止める。おもちさんにも聞こえたようで、耳を事務室の方に向けている。ちょうど、ぬいぐるみを入れた箱が床に落ちるような音だ。カップを洗い終えた僕は、休憩室へ行こうとして足を止めた。

ないとは思うが、念のため。気のせいだったと確信するために、確認するのだ。

そっと足を忍ばせて、事務室を覗き込む。おもちさんも、僕の足元から同じくそっと、顔を出した。

床に白い箱が落ちている。そしてその傍を、灰色の物体がもぞもぞと這っていた。

今度は、叫び声が出なかった。絶句である。

しばらく無言で、観察を続ける。這っていたそれが立ち上がり、二本足でゆっくり歩き出す。二、三歩進んだところで、黒いボタンの目が僕を見つけた。途端に、ぱたっと仰向けに寝そべる。

「今更、寝たふりしたですにゃ」

おもちさんが呟く。僕は数秒呆然としたのち、床に落ちているぬいぐるみに近づいた。前にしゃがんで、動かなくなったそれを眺める。くってりと力なく寝そべっており、立ち上がる気配はない。僕は頭の整理が追いつかなくて思考が止まってしまい、しゃがみこんだまま動けなくなった。

固まっている僕の膝を、おもちさんの前足がちょんと触れてきた。

「人が見てるところでは、歩かないですにゃ」

「……やっぱり、歩いてました？」

ようやく、声が出た。僕は床に横たわるぬいぐるみから、目を離せずにいた。

ぬいぐるみはこちらに顔を向けている。折角歩いたのに邪魔をされたと、恨みがましく睨んでいるようにすら見える。

猫が喋るのには慣れたが、ぬいぐるみが歩くとかなり驚く。気味が悪くて触りたくないが、床に放置していたらどこに行ってしまうか分からない。

おもちさんが、僕の膝に肉球を押し当てた。

「小槇くん。早く寝るですにゃ」

「この状況で、ですか？」

もうすっかり目が冴えてしまって、仮眠できる気分ではない。おもちさんが繰り返す。

「寝るですにゃ。くたくたへろへろのおまわりさんじゃ、いざというとき弱っちくて役に立たないですにゃ」

おもちさんに促され、僕は数秒考えたのち、床に落ちている箱を拾った。きっと僕は、自分で感じている以上に疲れているのだ。ぬいぐるみが歩いているような、錯覚を見てしまうほどに。

ぬいぐるみを箱に戻そうとする僕に、おもちさんが言った。

「ひとつ、これだけは、分かってほしいですにゃ」

大きな目がぱちりと、まばたきする。

「ウサギさんは鈴原さんをいじめたいのではないですにゃ。ただ、自分を大切にしてくれた大好きな人に、会いたいだけですにゃ」

「大切に……？」

昼間に聞いた春川くんの言葉が、胸に蘇る。

『心が宿るってことは、あるかもしれないよな。大事にされてるものには、そういうのがあるんだって』

「小槇くんも、そういうものに覚えはないですにゃ？　何度なくしてしまっても、いつの間にか、必ず帰ってくるもの」

おもちさんの黄金色の目が、照明の光で星を宿している。僕は箱を手に、おもちさんの瞳を見つめ返した。

「それじゃ、このぬいぐるみは……」

「もういいから寝るですにゃ」

僕にはなにも言わせず、おもちさんは休憩室へと戻っていった。

僕は改めて、ウサギのつぶらな瞳と目を合わせた。おもちさんには、初めからぬいぐるみの声が聞こえていたみたいだ。

整理すると、つまり。ひとまず、おもちさんの言葉と僕が見たものを、現実と仮定する。

このぬいぐるみは、誰かの嫌がらせで鈴原さん宅の扉の前に、置かれていたのではなく、ぬいぐるみ自ら扉の前に歩いてきて、玄関が開くのを待っていた。その理由は、自分を大切にしてくれた人……持ち主に会いたいから。

鈴原さん、祥平さんはぬいぐるみに見覚えがない様子だった。となれば、このぬいぐるみは、同じ家に住む恵さんのもの。

おもちさんの言葉が真実なら、ぬいぐるみは自分の持ち主、恵さんに会うために、自らの足で歩いて彼女の家を訪ねてきた、と。

ぬいぐるみは大人しく寝そべっている。体をくったりさせて動かないそれを眺め、僕は、ははは、と乾いた笑いを漏らした。

「いやいや、まさか。そんな、ぬいぐるみが自力で歩くなんて、絵本じゃあるまいし」

そんなのを報告書に書いたら、ふざけていると思われて叱られてしまう。過ぎった思考は振り払い、頭を冷やす。

この交番は、建物が古くて隙間風が多い。箱が落っこちて、ぬいぐるみも風で動いたのだ。そうに違いない。そんなに風が吹き込んでいたら、書類も飛んでいるだろうが、それは考えないようにする。

ぬいぐるみが歩くのはだめなのに猫が喋るのはいいのかと言われたらなにも言い返せな

いが、猫が喋るのだって慣れてしまっただけで理解はしていない。

休憩室に行ったおもちさんが、僕を呼びに戻ってきた。

「小槇くん。吾輩、小槇くんをクッションにして寝る故、早く来てほしいですにゃ」

「はい」

このぬいぐるみは、目を離したらその隙に交番を出ていってしまう気がする。鍵のかかる場所に閉じ込めてしまう手もあるが、おもちさんからあれこれ聞いてしまった手前、すごく気が引ける。

「やっぱり、もうちょっと仕事します」

「にゃあ。では吾輩は、お仕事してる小槇くんのお膝で寝るですにゃ」

おもちさんが歩み寄ってくる。僕は横たわるぬいぐるみを胴から持ち上げ、箱に入れてデスクに置いた。事務椅子に座ると、宣言どおりおもちさんが膝に乗ってきて、ころんと丸まる。

最初の三十分は、僕はしっかり書類の確認をしていた。だが、だんだん瞼が落ちてきた。膝のおもちさんの温かさ、柔らかさ、絶妙な重みと、等間隔の呼吸で上下する背中が、僕を眠りにいざなっていく。

腕を輪にして、顔を埋める。ほんの少しだけ、休憩しよう。目を閉じて数秒後、横からゴソッと音がした。僅かに顔を浮かせると、箱の蓋を押し上げる、ウサギのぬいぐるみが見えた。

「ああもう、大人しくしててよ……」

そう呟いたのち、僕の意識は途切れた。

不思議な夢を見た気がする。

幼い女の子が、父親に手を引かれて歩いている。自分の視点は、この女の子に抱えられているぬいぐるみだ。

ここは遊園地だろうか、観覧車とメリーゴーラウンドが見える。風船を持って走る子供とすれ違い、女の子は「パパ、あれ買って」と風船を指さした。

遊び疲れた女の子は、ベンチで休憩しているうちに眠ってしまった。女の子の母親が、遠くで手招きしている。父親が女の子を抱き上げて、そちらに向かっていく。

自分はベンチに残されて、その後ろ姿を見送っていた。

それから何時間も、ベンチで女の子を待ち続けた。とうとう彼女は戻ってこないまま、遊園地は閉園の時間を迎えた。

視点の主が、むくりと立ち上がる。ベンチから下りて、てくてくと歩き出す。

遊園地のスタッフが現れた。視点の主は、慌てて伏せた。スタッフに拾われ、落とし物係へと連れて行かれる。そこからまた、スタッフの目を盗んで歩き出し、遊園地の外を目指した。

桃色の短い脚で、ほんの十センチにも満たない歩幅で、ゆっくりゆっくり歩いていく。雨に降られた日も、雪に埋もれた日もあった。野良猫に運ばれてしまうことも、ゴミ置き場に捨てられてしまうこともあった。

優しい桃色だった脚は、汚れてすっかり灰色にくすんだ。踵（かかと）からは綿がはみ出している。あの子を捜しているうちに、何年も経ってしまった。小さかったあの子も、きっともう、大人だ。自分のことなんか忘れてしまったかもしれない。

それでも、小さな一歩を止められなくて、歩き続けた。

そこでハッと、目を覚ます。見慣れた交番の景色が、僕を囲んでいる。窓からは、夏の夜明けの空が見えた。

おもちさんはぐっすり眠っている。僕はデスクに置いた箱に目をやった。白い蓋は外されて、中は空っぽになっている。

事務椅子を回して辺りを見ると、出入り口の引き戸の前に、ぬいぐるみが突っ伏していた。どうやら、引き戸を開けられなかったお陰で出られなかったらしく、戸の前で力尽きたようだ。

僕はおもちさんを膝から下ろして、ぬいぐるみに歩み寄った。汚れてぼろぼろになったぬいぐるみが、床でぺしゃんこになっている。

デスクから戸までの距離でも、この小さな足では遠かっただろうなあと思う。折角ここまで頑張ったのに申し訳ないが、僕はぬいぐるみをデスクの箱に戻した。

その数時間後。日が差してきた午前中、若い女性が交番に飛び込んできた。

「モモちゃん！」

大声でそう呼んで、カウンターに両手をつく。事務室にいる僕に向かって、彼女は興奮気味に問いかけてきた。

「あの、ここに、花柄のワンピースを着てるウサギのぬいぐるみ、届いてますよね!?」

「はい、この子ですか？」

僕は箱ごと、ぬいぐるみをカウンターへ連れていく。ぼろぼろのぬいぐるみが寝そべっているのを見るなり、女性は目に大粒の涙を浮かべた。

「モモちゃんだ。モモちゃん、帰ってきてくれたんだ」

彼女はぬいぐるみを手に取ると、こんなに汚れているのに、躊躇（ためら）いもなく抱きしめた。

ぬいぐるみは耳も手足も、ぶらんとぶら下げているだけだ。

女性はぬいぐるみに顔をくっつけて、啜り泣いていた。それから呼吸を整えて、赤くなった目で僕を見上げる。

「ごめんなさい、取り乱して。昨日、この子をここに届けに来た、鈴原の妻です。恵と申します」

彼女、恵さんは、ぬいぐるみの後ろ頭を優しく撫でて、言った。

「このぬいぐるみは私のものです。私が小さい頃、旅行先の遊園地でなくしてしまったものです……！」

頭の中から消えかけていた、昨夜の夢が過ぎる。

夫の祥平さんは、ぬいぐるみの件は恵さんには内緒にするつもりでいた。だがストーカーから身を守るためにも、恵さん自身にも警戒心を持ってもらおうと考え直し、今朝、事の経緯を話したそうだ。

祥平さんからぬいぐるみの特徴を聞いた恵さんは、すぐに「モモちゃん」を思い出した。幼い頃に、なにより大切にしていた宝物だ。

彼女は赤ちゃんを祥平さんに任せ、着の身着のまま、交番に駆けつけてきたのだ。

「モモちゃん……会いたかった」

　恵さんはウサギのぬいぐるみ、モモちゃんをぎゅっと抱きしめた。恵さんの目に、また、涙が溜まる。

「モモちゃんは、母が手作りした世界にたったひとつのぬいぐるみなんです。母は、妊娠中、生まれてくる私のために、お裁縫なんか得意じゃないのにひと針ひと針縫って……」

　ぽろ、と雫が落ちる。

　愛情をたっぷり込められて生まれたモモちゃんは、恵さんの親友になった。どこへ行くにも、いつでも一緒だった。

　ぽたぽた落ちる涙が、モモちゃんの頭に染み込んでいく。

「なくしちゃったと気づいて、幼かった私は一日じゅう泣きました。遠くの遊園地だったから、捜しに行けなかった。父が遊園地に電話してくれたけど、落とし物センターにも届いてなかった」

　恵さんはモモちゃんの顔を見つめ、そしてまた、愛おしそうに抱き寄せる。

「それが、今になって……もう見つからないと思ってたのに。誰が届けてくれたんだろう。お母さんかな。分からないけど、モモちゃんが私の元に帰ってきてくれたなら、なんだっていい」

　そのとき、僕は思った。会いたかったのは、ぬいぐるみの方だけではなかったのだ、と。

「では、落とし物としての届出は、取り下げましょうか」

「はい。この子は間違いなく、私のモモちゃんなので」

　恵さんは泣きながらも、にこりと微笑んだ。

　モモちゃんを抱えた恵さんが、僕に一礼する。交番から出ていこうとする彼女に、僕は声をかける。

「あの、お子さんのご誕生、おめでとうございます」

　今更ながら、祝福する。昨日も祥平さんに言いたかったのだが、到底そんな雰囲気ではなくて言えなかった言葉だ。

「祥平さんにも、よろしくお伝えください」

「はい！　ありがとうございます」

　恵さんが笑うと、涙を携えた睫毛がきらりと星を宿した。

「モモちゃん、生まれてきた娘の、最初のお友達になってくれると思います」

　モモちゃんが捜していた幼い女の子は、今では立派なお母さんになった。

　一瞬、モモちゃんの目にも涙が浮かんだように見えた。だが恵さんがぎゅっと抱きしめると、モモちゃんの顔は恵さんの胸に隠れた。


　デスクに戻った僕は、書類とにらめっこしていた。落とし物として受理したウサギのぬいぐるみは、持ち主が見つかった……書面上、そういう処理でいいのだろうか。

おもちさんが歩いてきて、僕の足元に座る。丸い背中を見下ろして、僕は言った。

「なんかこの交番、報告書にどう書けばいいのか分からない事案、やけに多くないですか？」

「吾輩、猫だから知らないですにゃ」

おもちさんは興味なさげに欠伸をするだけだった。

盆帰り

夕方のかつぶし町に、蝉の声が響いている。古き良き町並みには、黄昏時がよく似合う。黒く陰った街路樹の隙間から、夕日が眩しく煌めいていた。立番する僕の影と、隣に並んだおもちさんの影が、東に向かって長く伸びている。

「お豆腐屋さんでしたら、この商店街のアーケードを真っ直ぐ行って、八百屋さんの角を左です。そしたら看板が見えてきますよ」

地図を片手に道案内をする。道に迷っていた主婦風の女性は、僕の指差す方向と地図とを交互に確認した。

「ありがとう。なにせこの町に来るのは久しぶりなの」

道に迷ったお喋りな女性は、はにかんで話した。

「実家に盆帰り中なのよ。町は全然変わってないのに、私ったら道を忘れちゃって」

まさに今日は、お盆帰省の真っ盛りだ。運転慣れしていないドライバーが多くなるので、僕らの仕事が忙しくなる。

商店街へと去っていく女性の背中を見送る。壁を夕焼け色に染めた交番、その軒下には、雛が巣立って空き屋になったツバメの巣が残されていた。燃えるような空からは、カラスの声が降ってくる。

足元にいるおもちさんは、交番の前に伸びたネコジャラシが揺れるのを、のんびり眺めていた。僕は、そんなおもちさんに話しかける。

「お盆ですって。ご先祖様が帰ってくる日ですね」

「キュウリのお馬さんに乗ってきて、ナスの牛さんで帰るですにゃ」

おもちさんの目線の先で、ネコジャラシが風に操られている。

笹倉さん宅では、お盆飾りのキュウリとナスを用意したのに、脚をつける前にうっかり冷やし中華の具と揚げ浸しにしてしまったそうだ。そこで今年は、代わりにパトカーと白バイのミニカーを飾るらしい。お孫さんが喜んでいるから良し、と、笹倉さんは笑って話していた。

僕はというと、寮暮らしなのでそういった風習とはすっかりご無沙汰になっている。勤務形態の関係上、実家に帰省するわけでもない。

夏休み中の小さな兄弟が、追いかけっこをしながら家に帰っていく。こんがり日焼けした彼らを見送り、僕は眩しい夕日に目を細めた。

立番を続けていると、海の方面からふらりと、腰の曲がったおじいさんが歩いてきた。

覚束ない足取りで杖をつき、周辺を見回して不安げな顔をしている。この人も、お盆で久々に帰ってきて、道に迷ったのだろうか。

僕はおじいさんに向かって、声をかけた。

「こんばんは。なにかお困りですか？」

僕の声に反応し、おじいさんが顔をこちらに向ける。よろよろと歩いてきて、白髪頭を下げた。

「おお、おまわりさん。おまわりさんだ、助かった」

「どうかなさいましたか？」

「帰る家が、分からなくなってしまった」

力なく、嗄れた声だ。

「家族が待ってるのに。孫にどうしても渡したいものがあるから、絶対に家に帰らなくてはならん」

おじいさんの声はよぼよぼとして弱々しかったが、滲み出す意志には強さを感じる。渡したいもの、と話しているが、おじいさんは荷物を持っていない。僕は疑問を頭に浮かべつつ、それは置いておいて別の質問をした。

「ご家族の連絡先、分かりますか？」

「え？　さあねえ。それよりお前さんは誰だ？」

「おまわりさんですよ」

「おまわりさん？　ご苦労様です。私の家はどこだったかね。お前さん、タカシか？　久しぶりだなあ」

話しながら、察した。高齢の方の中には、たまにこんな感じの人がいる。

お年寄りがいる家は、巡回連絡で覚えているし、日頃から気にかけている。しかしこのおじいさんは見覚えがない。新しく引っ越してきた人か、お盆の帰省の関係で、家族と一緒に遠くから来た人なのかもしれない。

このままこの人を迷子にさせてはおけない。僕は彼から、情報を引き出すことにした。

「おじいさん、お名前は？」

「息子の名前はタカシです」

「あなたのお名前は？」

「タカシ、こんなに立派になって……」

おじいさんはほんわかした笑顔で僕の肩を叩いてくる。会話がなかなか上手くいかない。おもちさんは、黙って僕を観察している。

十分くらい話してみたが、おじいさんの名前は聞き出せなかった。手荷物ひとつなく、身元が分かるものもない。家の住所も、家族の連絡先も不明だ。行方不明者の情報もチェックしてみたが、この人に当てはまるものは見当たらない。

「おうちの傍に、目立つ建物はありますか？　近くに海が見えるとか、知ってるお店とかでもいいですよ」

「いやあ、分からないねえ。すまないねえ」

困ったことに、家の周辺の情報すらない。

「うーん……なにか目印になるものがあればいいんだけどな」

どうやってヒントを探そうかと、僕が次の質問を考えていると、おじいさんがむにゃむにゃと言った。

「目印、目印ねえ。光ってるからすぐに分かると思ったんだけどなあ」

「光ってる？」

玄関周辺に、光る飾りでも置いている家なのだろうか。そうだとしたら、多少は絞り込める。おじいさんは杖に両手を乗せて、体重を預けている。

「この町、初めて来たから、なーんも分からない」

「やっぱり、普段はここに住んでいらっしゃらないんですね」

「家族がね、待ってるんだ。おや？　ところでお前さんは誰だったかね」

家の周辺の様子が分からないのは、彼にとって知らない土地だからなのか。これでは、この人の目指す家がかつぶし町にあるかどうかも怪しい。本当は別の町に向かっていて、訳も分からずかつぶし町に迷い込んでしまったのかもしれない。

どんな誰の声でも聞き取れるというおもちさんなら、なにか見抜けないだろうか。期待を込めて、おもちさんに視線を落とす。

「おもちさん。このおじいさんのおうち、分かります？」

「横着はだめですにゃ、小槇くん。こういうのも、おまわりさんのお仕事ですにゃ」

おもちさんは後ろ足で首を掻いているだけで、全然協力してくれなかった。

僕とおもちさんが短いやりとりをしている隙に、おじいさんがふらふら歩き出す。気づいた僕が追いかけると、おじいさんはこちらを見て首を傾げた。

「お前さんは……？　おお、アツコさん。いや、ユミちゃんだったか」

「おまわりさんですよー。おじいさん、おうち、思い出しましたか？」

「なんだね。私は家を忘れてなんかいないぞ。ボケ老人扱いされちゃ困る」

おじいさんが妙に迷いなく歩いていく。家を思い出した……とは、考えにくい。僕は交番の引き戸に「巡回中」の札を下げ、彼を見失わないうちに追いかけた。

「それじゃ、一緒におうちに帰りましょうか」

この人を放りだすわけにはいかない。おじいさんの隣について、歩幅に合わせてゆっくりと進む。おもちさんも、僕の横を歩いている。

赤い空にカラスの鳥影が舞う。夕飯時の商店街は、人が疎(まば)らだ。古めかしい建物が夕日の色に染められて、どこか懐かしい匂いを漂わせている。おもちさんの白い毛皮も、柔らかなオレンジ色に光っていた。

突然、おじいさんが立ち止まる。なにかを見ていると思ったら、お惣菜屋さんのご夫妻と春川くんが、閉めたお店の玄関先で焚(た)き火をしていた。素焼きの小皿に麻の茎が載せられて、炎を灯している。

「迎え火ですね」

僕はおじいさんに語りかけた。

「今日はお盆の初日です」

火花がパチパチと小さく爆(は)ぜ、仄(ほの)かな焦げくささを漂わせる。眩しいオレンジ色の揺らめきが、おじいさんの落ち窪んだ目に映り込んでいる。

迎え火は、お盆帰りしてくるご先祖様が、帰る家を間違えないように置く目印である。お盆の初日の夕方に、こうして玄関先で灯す。近年では精霊棚の横に盆提灯(ぼんぢょうちん)を置く家が増えているが、この町には今でも、火を焚く習慣が残り続けている。

春川くんがこちらに気づいて、手を振ってきた。

「小槙さんとおもちさんだ！　お仕事お疲れ様！」

「ありがとう。火、気をつけてね」

おじいさんが火に近づかないように、僕はおじいさんの横で様子を見ていた。だが彼は数秒迎え火を眺めたのち、すぐに興味をなくした。

「うちのじゃないなあ」

　また歩き出して、その先でも同じように行われていた迎え火の前で、足を止める。角を曲がって、その先の庭の迎え火を見つけて、止まる。

　おじいさんは不規則に道を選んでいく。だが彼の向かう先では、必ず、迎え火を焚く家があった。

　僕は一瞬、「もしかして」と想像をしたが、口にはしなかった。おもちさんもなにも言わず、おじいさんについていく。

　おじいさんとともに、迎え火をひとつひとつ観察する。それぞれの家に、それぞれの迎え火がある。火を灯す人たちにはそれぞれ、思い浮かべている誰かがいる。

　故人は、思い出す人がいるかぎり、その人の心の中に生き続ける、と、聞いたことがある。お盆は、先祖の霊が帰ってくる日と言われている。きっとそれは、こういう儀式をすることで、旅立った大切な家族を想う日なのだろう。そうして人々の心の中に、故人が〝帰ってくる〟。

　おじいさんは迎え火をチェックしては「うちのじゃない」と呟いて、次へ行く。

　薄暗くなってきた夕空に、ヒグラシの声が悲しげに響いている。僕はなにげなく、おじいさんに問うた。

「おじいさん、お仕事はなにをされてたんですか？」

「職人だよ」

「へえ。なにを作っていらしたんです？」

「なんだってできるよ。どんな色でも、なんの模様でも」

おじいさんが僕にふにゃりと笑いかけた。何職人なのかは分からないが、おじいさんが楽しそうに話しはじめたので、まあいいかと思えた。

「工房にいると、孫が遊びに来てな。これがまた、やんちゃでなあ」

「お孫さんがいるんでしたね」

「工房でいたずらしたら危ないから、目を離せないだろ。そうすると仕事どころじゃなくなって、孫をかわいがってしまう」

僕の質問は流して、おじいさんはマイペースに語った。

お孫さんも、かわいがってくれるおじいさんと遊びたくて、仕事場に来ていたのかもしれない。

「孫は息子夫婦の子だ。私の宝物の、宝物。私にとっても、宝物」

おじいさんは諸々が曖昧だったけれど、これははっきりと言い切った。僕は、空の色に染まる彼の横顔を見ていた。

「そのお孫さんに、渡したいものがあるんでしたね」

夕日が燃えている。東側の空には、星が見えはじめていた。おじいさんは痩せた脚でゆっくり歩いていく。

「工房で作ってたものだ。孫が出来上がりを楽しみにしていた。完成する前に、あの子は引っ越してしまったからな」

寂しげな声が、日の沈みかけた町にぽつりと消える。

「孫は元気で快活な、かわいい子だ。そしてきらきら光るものが好き。たまに怒らせてしまって、喧嘩をした。強情な子で、謝るのは必ず私の方だったが、あの子も、必ず許してくれる」

おじいさんが徐ろに語る。トコトコついてくるおもちさんが、彼の顔を見上げた。

「仲良しですにゃ」

「孫はかわいくてたまらない。あの子が悲しい顔をしていると私も悲しい。だから、あの子が泣いてしまうときは、なんとか泣き止ませたかった」

おじいさんは杖に体重を預け、ひと息ついた。少しの休憩を取って、のんびりと足を踏み出す。

「でもなあ、私は頭が悪いから、気の利いた言葉なんか思いつかなくてな。『大丈夫、なんとかなる』って、そのくらいしか言ってやれなくてなあ」

「そうでしたか……」

僕はおじいさんのペースに合わせて歩く。視界の端に入るおもちさんの頭は、僕らより一歩、手前を進んでいた。僕には、おじいさんの表情が寂しげに見えた。

「お孫さん、きっと、その言葉に救われましたよ」

「そうだろうか」

「分からないけど、少なくとも僕は、そう言ってもらえたら嬉しいです。『そうだな、なんとかなるか』って思えます」

おもちさんが僕らの前を行く。三角の耳の先で、薄く浮かんできた星を指して、短い尻尾を揺らしている。

おじいさんがくすっと笑った。

「単純だなあ、君は」

「そうかも」

「単純だ。タカシに似て……いや、タカシも私に似たんだったなあ。単純なところ」

おじいさんは懐かしそうに目尻を下げて、僕の肩を叩く。

「アカリは単純だな」

また別の名前が出てきた。僕は否定も肯定もしなかった。

住宅街には、古いアパートもいくつか建っている。錆びついた外付け階段の「かつぶし荘」も、そのひとつだ。

おもちさんが僕らを追い越して、この古い建物に近づいていく。そして階段に前足を乗せた。僕は敷地の外からおもちさんに声をかける。

「おもちさん、どこ行くんですか？」

そんな僕の脇にいたおじいさんも、ハッとした顔でアパートを見上げ、おもちさんについていった。

「そうだ、こっちだ」

ふらふらした足取りで、階段を上る。危なっかしい動きにひやっとした。僕はおじいさんの背中に片手を添えて、一緒に階段を上がった。

「ここがおうちなんですか？」

「そうだったはずだ、多分」

家が分かったならいいが、別の人の家を自分の家だと勘違いしてしまっていたら大変だ。玄関を開けて、そこで家族に迎え入れられるまで、安心はできない。

階段がカンカンと音を上げる。おもちさんの後ろ足が、僕らより上を進んで、二階の外付け廊下に上がって、立ち止まった。こちらを振り向いて待っている。

僕とおじいさんもおもちさんに追いついた。おじいさんは導かれるように、アパートの一室の前に立つ。

「ここだ」

おじいさんが断言して、そこから動かなくなった。足元では、おもちさんがエジプト座りしている。僕はふたりを見比べて、扉の横のインターホンを押した。

古いインターホンのボタンが、カコ、と沈む。ピンポンと割れた音を響かせたのち、扉が開いた。

「はい?」

「こんばんは、かつぶし交番です」

挨拶をしてから、僕は扉の隙間から覗く女性を見て、あ、と声を上げた。

「日生さん」

「おまわりさん! どうしたんですか?」

ケセランパサランの日生さんだ。彼女は僕を見て目を丸くしていた。

「巡回連絡? ってやつですか?」

「ええと、ちょっと違くて。失礼ですが、そちらのおじいちゃん、お出かけされていませんか?」

「おじいちゃん?」

日生さんは目をぱちくりさせて、首を傾げた。

「うちのおじいちゃん、一昨年亡くなってますけど……」

「ですって。このおうちじゃなかったようですよ」

僕は隣のおじいさんを振り向く。だが、いたはずのおじいさんは忽然と姿を消していた。

「あれっ。いつの間に！」

「なになに？　迷子のおじいちゃんが、家をここと間違えてた？」

察しのいい日生さんは、僕が説明する前に全容を掴んだ。僕は廊下の柵を握り、周辺を見渡した。

「そうなんです」と、言いかけて、僕はふと、日生さんのフルネームが「日生あかり」だったのを思い出した。

日生さんが、玄関から身を乗り出す。

「どんなおじいちゃんでした？　私も捜しますよ！」

そう言う彼女の向こう、玄関脇の靴箱の上に、写真立てがあった。家族写真だ。寄り添う夫婦と、その横の椅子に座るおじいさんが並び、おじいさんの膝の上で、ピースしている小さい女の子。

椅子に腰掛けたそのおじいさんの顔を見て、僕は息を呑んだ。

おじいさんの声が、頭の中に蘇る。

『アカリは単純だな』

おじいちゃんっ子の孫がかわいくてたまらない、そう話していた、あのおじいさん。写真立ての中の彼は、やんちゃそうな孫娘を愛おしそうに抱いている。

呆然とする僕に、日生さんが眉を吊り上げた。

「ちょっとおまわりさん、聞いてる!?　なにぼんやりしてるんですか！」

「えっ、あ、すみません」

「頼りないなあ、もう。そんなんだから、おじいちゃん見失うんですよ」

彼女にいたずらっぽく叱られ、僕は目を伏せた。日生さんがちょっと、真剣な顔つきになる。

「私が玄関の扉を開けたときには、すでにいなかったですよ。私が見たのは、おまわりさんと、猫ちゃんだけです」

「そうだ、おもちさん。おじいさん、見てました？」

あんまり静かだから、おもちさんに訊くのを忘れていた。僕と日生さんは同時におもちさんの顔を見て、そして同時に、その狭い額に視線を向けた。

おもちさんの頭、耳と耳の間に、青白いとんぼ玉の根付けが載っている。透き通った青にちりばめられた、薄紅色と白の花の模様。玄関の光に照らされて、きらりと輝いている。

おもちさんは目を閉じて、じっとしていた。

とんぼ玉を見るやいなや、日生さんがしゃがむ。

「これ……！」

「見覚えがあるんですか？」

「とんぼ玉の職人だった祖父が、亡くなる直前まで作っていたデザインです！」

日生さんはとんぼ玉を手に取り、声を震わせた。

「なんで……エスキースだけ残して、完成しなかったと思ってたのに。どうしてこれが、ここに……?」

僕はなにも言えなかった。なにが起きたのか呑み込めないし、呑み込めたとしても、上手く説明できない。

代わりにおもちさんが、口を開いた。

「お盆だからですにゃ」

閉じていた目をゆっくり開き、日生さんの顔を見上げる。

「お盆だから、会いに来たですにゃ。目印の光を捜して、君のところへ」

日生さんが目を瞠る。数秒の絶句のあと、彼女はぼろっと涙を溢した。ひと粒の雫が頬を伝うと、それに続いて涙がぽろぽろと落ちて、錆びた廊下を濡らしていく。

僕はしばらく固まったあと、慌てて制服のポケットを探った。

「わ、どうしよう。たしかハンドタオルがここに」

「ごめんなさい、いきなり泣いたりして」

日生さんがしゃくりあげながら、腕で涙を拭う。

「私は平気だから、おまわりさんは……おじいちゃん捜しに行ってください」

「いえ、その……うまく言えないけど、おじいさんは多分、おうちに帰れたので、大丈夫です」

僕はやっと見つけたタオルを手に、日生さんとおもちさんに合わせてしゃがんだ。

写真の中で、孫を抱きかかえるおじいさんが、優しく微笑んでいる。目の前にいる大人になった日生さんは、腕で顔を覆って、とんぼ玉を両手で握りしめていた。

「いやいや、小槇さんとおもちさん、ふたりで歩いてたじゃん」

三日後、お昼のお惣菜を配達に来た春川くんが言った。

「お盆の初日でしょ？　迎え火を焚いた日だよな。小槇さんたちが通りかかったのは覚えてるけど、おじいちゃんなんかいなかったって！」

どうやらあの日の夕方、炎を辿って歩いていたのは、僕とおもちさんだけだったようだ。

「母ちゃんと父ちゃんも一緒に見てたし、訊いてみようか？　ぜーったい小槇さんとおもちさんだけだったと思うけど」

「いや、いいよ。ありがとう」

あれから、徘徊(はいかい)しているおじいさんが見つかったという情報も出ていない。捜索願もない。

そして僕自身も、そんなおじいさんはいなかったような気がしてきている。たしかにいたと記憶していたのだけれど、その感覚が、日に日に曖昧になってきているのだ。多分僕は、ゆくゆくはあの人を忘れてしまうのだろう。

この世界には、僕が「ありえない」と思い込んでいることが、意外とありうる。にわかに信じられないけれど、あるのだから、仕方ない。なにせ、猫が喋るくらいだ。

おもちさんがキャビネットの上でぺたんこになっている。金属製だから、冷たくて気持ちいいのだろう。キャビネットの縁からお腹と尻尾が溢れていて、溶けた餅みたいになっている。

僕は、あの日おもちさんが日生さんに言った言葉を反芻した。

『お盆だから、会いに来たですにゃ』

やっぱり、この町に赴任してから、不思議な出来事に遭遇する確率が上がった気がする。

寝そべっていたおもちさんが、ぴくっと耳を動かした。それとほぼ同時に、交番の引き戸が開く。

「こんにちは。あっ、ちょうどよかった。あのおまわりさんだ」

入ってきたのは、日生さんだ。相談者が来たのを見て、春川くんが帰ろうとしたが、日生さんは彼ににこっと会釈した。

「お惣菜屋さんでたまに店番してる子！　こんにちは」

「お、買いに来てくれるお姉さんじゃん」

春川くんの方も、ぺこりと頭を下げる。そういえば、日生さんは「お惣菜のはるかわ」を気に入っていると話していたなと思い出す。

日生さんが僕に小さな紙袋を突き出した。

「先日のタオル、返しに来ました。ありがとうございました」

「ああ、忘れてた。ご丁寧にどうも」

泣き出した日生さんにハンドタオルを貸して、そのまま置いていってしまったのだった。そのタオルを、日生さんは洗濯して持ってきてくれたのだ。彼女は、はにかみながら苦笑した。

「先日はごめんなさい。みっともなく泣いて、恥ずかしいな」

それを聞いた春川くんが、帰りかけていたのにこちらに戻ってきた。

「なにがあったの？　小槙さんが人泣かすの、あんま想像できない」

「僕が泣かしたんじゃないよ、おもちさんだよ」

「そっちも充分想像できない！」

春川くんの声に反応して、寝そべっていたおもちさんがのっそり体を起こした。

「吾輩だって泣かしてはいないですにゃ」

重たそうな体を引きずって、キャビネットから飛び降りる。体重のせいで、床に着地するときにドッと猫らしからぬ音がした。

　日生さんはくすくす笑って、春川くんの誤解を解いた。

「ふたりは私のものを拾って、届けにきてくれただけだよ」

「届けに？」

「うん。亡くなったおじいちゃんの、手作りのとんぼ玉」

　日生さんが鞄から、とんぼ玉の根付けを取り出した。澄み渡った青空のようなガラス玉に、優しげな色をした花が咲いている。春川くんが感嘆した。

「すっげー！　ガラス玉に細かい柄が入ってる！」

「すごいでしょー。これが職人の技なのよ」

　日生さんがしたり顔で胸を反(そ)らせる。

　おもちさんがこちらに向かってきた。そして僕の脚にぴったりくっついて、抱き上げてほしいとアピールしてくる。僕はおもちさんの仰(おお)せのままに、まん丸な体を抱き上げた。

　とんぼ玉をまじまじ見ている春川くんに、日生さんが笑う。

「これを見たらおじいちゃんを思い出して、なんだか胸がいっぱいになって涙が出ちゃったんだよ」

「おじいちゃんと仲良しだったんだな」

　春川くんが言うと、日生さんは微笑んで頷いた。

「そうだね。私は幼い頃に両親を亡くして、父方のおじいちゃんに育てられたんだ」

「そうなの？」

「うん。そのおじいちゃんも、一昨年死んじゃった。最後の方は認知症が始まってたけどね、酷くなる前に、ぽっくりだったよ」

日生さんの話を聞きつつ、僕はおもちさんの後ろ頭に顎を埋めた。曖昧になっている記憶の片隅に、孫への愛情を語るおじいさんの微笑みが見え隠れする。

日生さんは根付けのとんぼ玉を、指先で撫でた。

「それから今年、私は、この町への転勤になったの。それまではおじいちゃんがいたから、介護の必要があるって理由で転勤はなかったんだけどねー」

おじいさんと過ごした家を離れて、彼女はひとり、見知らぬ土地へやってきた。春川くんが心配そうに首を傾げた。

「へえ。じゃあ、ひとりぼっちで不安だったんじゃない？」

「まあね。でもおじいちゃんの口癖が『大丈夫、なんとかなる』だったから、なんとかなるかーって気持ちで来れちゃった！」

「かっけー」

春川くんが素直な反応をする。

ケセランパサランの名前は、「ケ・セラ・セラ」が語源である、という説があるらしい。

その意味は、「なるようになる」。

日生さんはとんぼ玉を吊り下げて、僕とおもちさんに顔を向けた。

「この町に引っ越してから、初めてのお盆でね。今年は盆提灯を置いたの。ちょうどこういう、空色に花柄のを」

盆提灯は、迎え火と同じ役割をする。つまり、帰ってくる故人に帰るべき家の場所を伝える、目印だ。

とんぼ玉が光る。まるで、中に目印の灯火(ともしび)を抱えているかのようだ。

「今まで住んでた家じゃないから、おじいちゃんが迷わないように、おじいちゃんがすぐに分かりそうなデザインの提灯にしたんだ」

日生さんがカウンターの傍まで歩み寄ってきた。そして僕の腕の中のおもちさんに手を伸ばし、おもちさんの狭い額を撫でる。おもちさんは気持ちよさそうに目を閉じて、ゴロゴロと喉を鳴らした。

僕は消えかけの記憶を辿った。

おじいさんは、家の目印をきちんと覚えていた。道に迷っていたが、ちゃんと自分で、目印の場所へと辿り着いた。

……などと考えてから、その日見たものがあやふやになってきて、やはり気のせいだったかな、と思えてきた。もう一度しっかり思い出そうとしたところで、春川くんの元気な声が僕の思考を途切れさせた。

「よし！　かつぶし町で困ったことがあったら、俺を頼っていいよ！　交番でもいいけどさ、なんせ俺は十七年ここに住んでるからな。歴で言えば、小槙さんより長い。俺が先輩として導いてあげよう」

「おっ！　頼もしいね、少年」

日生さんが手を叩く。

「じゃあ早速、この町のおいしいもの、教えてくれる？」

「そりゃもう、うちの店の黒はんぺんフライだよ」

「黒はんぺんってなに？　はんぺんって白いものじゃ……？」

出身地が遠い日生さんには、この地域の食材に馴染みがないようだ。春川くんに乗っかって、僕も促した。

「はんぺんと言ったらこの辺じゃ黒なんですよ。はるかわさんのフライは絶品です。ぜひ醤油で食べてみてください」

「ちょっと待った！　小槙さんは醤油派のようだが俺は断然ソース派」

春川くんの主張を受けて、日生さんは楽しそうに笑った。

「それじゃ、ふたつ買って両方試さないと！」

『大丈夫、なるようになる』――あの人の言葉に背中を押されて、彼女は今、ここに立っている。あの人がなにより守りたかった笑顔は、ここできれいに、強く、凛と咲いている。

きっと今も、あの人は、愛する孫を見守っている。

「ねえおもちさん」

僕が小声で声をかけると、おもちさんは眠そうに「にゃ」と短く返事をした。

真夏の真ん中、世間はお盆。この世を去った大切な人が、遺された人に会いに来る、特別な数日間だ。

「僕のところにも、文太郎が帰ってきてるんでしょうか」

「文太郎さん……」

おもちさんが噛みしめるように名前を言う。

「何度聞いても、癖になるほど素直な名前ですにゃ……」

そう言い残して、おもちさんはお昼寝をはじめた。

新しいかつぶし町

「聞いて聞いて小槙さん！　お豆腐屋さんとこのおばあちゃんが、変な電話がかかってきたって言ってた！」

パトロール中の僕を、春川くんが追いかけてくる。自転車を引いて歩く僕は立ち止まって振り向き、自転車のカゴの中のおもちさんは、もそりと顔を上げた。

かつぶし町の昔ながらの風情は、のんびり暮らしたい人には住み心地がいい。そのため、老後をまったり過ごすお年寄りが多い。そして彼らを狙う詐欺の被害も発生しやすい。僕は署が発行している振り込め詐欺防止のポスターを、頭に思い浮かべた。

「変な電話か。慌てて振り込まないように、改めて呼びかけしないとなあ」

「それがね、その電話、とっくに線が切れてて鳴るはずがない黒電話なんだよ」

春川くんが衝撃の情報を付け加える。僕が唖然(あぜん)としている代わりに、おもちさんが驚きもせずに言った。

「その電話、どこかにしまってたですにゃ？」

「うん。押し入れの中で鳴り出したんだって」

「きっと長いことしまわれていて、忘れられて、寂しかったのですにゃ。構ってほしくて、いたずらしてるだけですにゃ」

……かつぶし町の昔ながらの風情は、『人間以外にも』住み心地がいいらしい。ごくありふれた日常の中に、時々、報告書になんて書けばいいのか分からない、不思議な出来事が起きる。

春川くんはおもちさんの言葉を繰り返した。

「いたずら？　まあいっか、多分埃が詰まって誤作動したんだな。古い機械だし。びっくりだよなー」

そして春川くんをはじめ、この町の人たちは不思議な出来事に対しておおらかである。大ごとにして騒いだりせず、あまり気にしない。

「それでいいですにゃ。深追いされないから、『彼ら』にとっても住み心地がよいのですにゃ」

おもちさんもなんだか満足そうに頷いているし、僕もこの件は「電話の誤作動」だと思うことにした。

真っ青な空に、入道雲がてんこ盛りになっている。真夏の日差しがかつぶし町を照らす。西には海が煌めき、東では山の緑が眩しく輝く。住宅街の古い家の庭木から、蝉の声がこだまする。

　春川くんは住宅街に住む人にお惣菜の配達へ向かう途中らしい。彼の手には、お店のロゴがプリントされた白い袋が下げられている。

「配達、お疲れ様。春川くんは、将来、お店を継ぐの？」

　僕がなにげなく訊くと、春川くんはあっけらかんとして答えた。

「なんにも考えてねえ」

「高三の夏なのに」

「まあ進学か就職だけでも決めろって先生から言われて、一応進学を希望したけど。将来なんて考えてないよ。うちの店は好きだし大事にしたい。でも音楽も続けたいし、他に向いてる仕事あるかもしんないし……分かんないじゃん、そんなの」

　春川くんは等身大の意見を述べて、それから今度は僕に訊き返してきた。

「小槙さんは俺くらいのとき、すでに警察官になるって決めてた？」

「うん。かなり幼い頃から、警察官以外考えてなかった」

　僕はおもちさんの後ろ頭を眺めて、警察官を志した日を思い浮かべた。

　山でひとりで迷子になって、心細かったとき。駐在さんが僕を見つけてくれた。その経験が、僕を警察官への夢に繋げた。思い描いている警察官のイメージは、今もあの人のままだ。とはいえ、当時の記憶はもうとっくにおぼろげだから、本当はどんな人だったかなんて分からないのだけれど、彼をベースに理想を築き上げてきた。柴崎さんのような冷静さと、笹倉さんのような余裕も欲しいから、理想は高くなるばかりである。

例の駐在さんは当時二十代くらいだったと思うから、今は四、五十代だろうか。彼とはなかなか再会の機会に恵まれないが、あの人がまだ警察官を続けているとしたら、どこかで会えるかもしれない。

春川くんがふうんと鼻を鳴らす。

「俺も警察官、目指すかな」

「本当？　嬉しいなあ。もしかして、僕を見て目指したくなった？」

そうだとしたら、あの駐在さんに近づけた気分だ。期待を込めて訊ねると、春川くんはまあ、と頷いた。

「小槇さんでもなれるなら、俺でもなれそう」

「なんてこと言うんだ」

「あはは、冗談だよ。でも警察官に興味あるのは本当」

春川くんはこうして僕をからかう。楽しそうな彼に釣られて、僕も笑った。

「後輩が全然入ってこなくて、常に人不足なんだ。そんな動機でも大歓迎だよ」

「え、それ、人気ない職業ってことじゃん」

春川くんは容赦なく言ってから、少し駆け足になった。

「お届け先の家、ここだ。じゃあね小槇さん、おもちさん」

僕らに別れを告げてから、思い出したように振り返る。

「そうだおもちさん、耳寄り情報。今朝、シラス漁が絶好調だったらしいよ」

「にゃんと。すなわち港に行けば、近くの海鮮丼屋さんたちからシラスを分けてもらえる日ですにゃ」

おもちさんがご機嫌に尻尾を立てる。

春川くんの後ろ姿を見送り、僕は住宅街を進んだ。途中の狭い路地で、僕は立ち止まり、建物の隙間を覗き込む。おもちさんが自転車のカゴから顔を出す。

「どうしたですにゃ?」

「ここ、おこげさんと最初に会った場所なんです」

並ぶ古い木造住宅の、塀と塀の隙間。この辺を縄張りにしている猫なのだとしたら、同じ場所で見かけやすいのではないかと考えたのだが、今日はおこげさんの姿はない。

おもちさんがカゴの縁に、むっちりと頬を乗せた。

「会わないなら会わないで、それでいいですにゃ。わざわざ捜すことないですにゃ」

「でも、喋る猫ですよ。おもちさん以外にもいたの、初めて見たんです。もう一度ちゃんと話したい」

「喋る猫は吾輩一匹で充分ですにゃ。それとも小槇くん、吾輩だけでは不満だとでも?

交番にもう一匹、猫欲しいですにゃ？」

「そうは言いませんけど……」

　交番に猫は、一匹だけでもいれば多いくらいだ。それはそれとして、おこげさんは気になる。僕ばかりしょっちゅう見かけているのに、僕以外に見た人はいない。

「おもちさんはまだ、おこげさんと会ってませんよね。気になりませんか？」

　トンネルで見かけたときは、おもちさんは自転車のカゴの中で寝ていた。そのあと起きたけれど、おこげさんは暗闇の先にいて、姿は見えなかった。おこげさんも、カゴの中のおもちさんが見えなかっただろうし、トンネルの中では暗くて見えないのもお互い様だ。だからおもちさんとおこげさんは、直接顔を合わせてはいないのだ。それ以降も会ったという話は聞いていない。

　おこげさんは自身曰く、かつぶし町にいたりいなかったりするらしい。姿を見る人は、おこげさんが決めているとかなんとか。僕ばかり遭遇するのには、なにか理由があるのだろうか。

　僕はこんなに引っかかっているというのに、そっくりさんのおもちさんは全然気にしない。

「関わらないならいないのと同じですにゃ。だから気にしないですにゃ」

　そしてのっそり立ち上がって、おもちさんは自転車のカゴから飛び降りた。

「さて、今朝はシラス漁が絶好調ですにゃ。新鮮なうちに貰ってくるですにゃー」

図太いおもちさんは、おいしいものの気配を嗅ぎつけて、港へ向かって歩いていった。

おもちさんは自由気ままだ。思うままにのびのびと暮らしている。

ご機嫌な尻尾が遠ざかっていく。おもちさんが行ってしまったので、僕はひとりになった。改めて、パトロールを再開する。そのときだった。

いつの間にか、路地の先にぽつんと、猫が立っている。

ころんとした丸い体に丸い顔、焦げた餅のような模様。夏の光を集めた榛色の瞳が、僕を見つめている。一瞬、おもちさんが引き返してきたのかと思った。それくらい似ているが、違う猫だ。

おもちさんがいたときにはいなかったのに、いつ現れたのだろう。

「噂をすれば。おこげさん、こんにちは」

声をかけると、おこげさんは姿勢を変えずに返事をした。

「こんにちはですみゃ。パトロール、ご苦労様ですみゃ」

薄暗い建物の影で、おこげさんの顔も陰っている。

じわじわじわと、蝉の声が降り注ぐ。僕は自転車のハンドルに両手を置いて、五メートル程向こうでじっとしているおこげさんと、会話を続けた。

「毎日暑いですね」

「ですみゃ。でも、それがしは猫だから、涼しい場所を見つけるのは得意ですみゃ」

「そっか。いいですね」

　おこげさんの瞳が、夏の日差しを反射する。周囲からは蝉の声しかしない。風もなく、木の葉も静まり返っている。

「小槇くん。君にいいものを見せてあげるですみゃ」

　おこげさんは僕にゆっくりとまばたきすると、後ろを向いた。焦げた模様の背中が、路地の奥へと進んでいく。

　トンネルの中へと誘われたときを思い出す。異様な寒気、やけに長くて終わらないトンネル。「そっちに行ったら迷ってしまう」と、僕を引き止めたおもちさん。あの日の光景が蘇って、心臓が握られるようにぎゅっとした。

　自転車の前輪の角度を変えて、狭い路地へと入ってみる。おこげさんは、見失わない速度でのんびりと歩いている。

　蝉の声が鳴り止まない。人の生活音が全く聞こえない。辺りの景色はよく見知った町なのに、なぜだろう、自分とおこげさんだけが切り離されているような感覚に陥る。

「おこげさんは、姿を見せる相手を選んでいるって言ってましたね。つまり、僕は選ばれたんですか？」

「それがしは、君を気に入ったですみゃ。理由は特にないけれど、あるかもしれないですみゃ」

おこげさんは振り向きもせずに僕を導いていく。焦げた背中に直射日光が当たっている。蝉の声が反響して、日差しで肌がひりつく。だけれど、体が内側から凍っているみたいな寒気がした。

誰ともすれ違わずに住宅街を抜け、公園を突っ切って近道をし、交番に戻ってきた。入道雲を背負って建つ交番が、僕を見下ろす。

無意識に交番に顔を向けていた僕は、改めて、先を行くおこげさんに向き直った。

「おこげさん、見せたいものってどこにあるんですか？」

しかし、そこにおこげさんの姿はなかった。

「あれ？　おこげさん？」

いない、と気づいた瞬間、商店街のざわめきが耳に戻った。アーケードの向こうは、普段どおり賑わっている。夏風邪のような寒気も、いつの間にか収まっていた。

パトロールを中途半端にしてしまった僕は、ここから再出発した。おこげさんは見失ってしまったが、ああして現れたのだからまた会えるだろう。

商店街を散策していると、タタタと足音が聞こえてきた。春川くんの気配を察知した僕は、いつもどおり背中を押されるだろうと身構える。

しかし春川くんは、僕の横を通り抜けて、お惣菜屋さんの二階の自宅に向かっていった。

その後ろ姿に、おかみさんが声をかける。

「お帰り、俊太。予備校のテストはどうだった？」

「ん、いつもどおり。全教科満点」

春川くんが投げやりに答える。僕は耳を疑った。

「へ⁉」

「よし。よく頑張ってるわね」

驚く僕に対して、おかみさんは案外平然としていた。僕はまだ、衝撃を受け止めきれていない。

「春川くんが好成績？　予備校行ってたのも初めて知った。すごいね」

失礼ながら、猫が喋る以上にびっくりした。春川くんといえば、この間まで赤点を回避したいがテスト勉強はしたくなくて、おもちさんに願掛けなんかしていた。その春川くんが。僕が戸惑いながらも拍手で祝福すると、春川くんはきょとんと首を傾げた。

「なにをそんなに驚いてるの？　志望校合格のために努力するのは当然じゃない？」

またしても、衝撃を食らった。春川くんはつい先程まで、進路なんか考えていないと話していたはずなのに。

「春川くん……？」

ぽかんとしている僕を放置して、春川くんは去ってしまった。おかみさんはいつもどおりだし、もしかして僕が知らなかっただけで、春川くんは実はすごく成績優秀だったのだろうか。

呆然とする僕に、おかみさんが明るく話しかけてくる。

「そうそう小槙くん！　お店の新商品を作るんだけど、なにがいいかしら」

「あっ、えっと……どうしようかな」

まだ春川くんの衝撃を引きずっている僕は、頭の回転がいつもより悪くて、咄嗟に返せなかった。おかみさんがにっこり笑う。

「なんでもいいわよ。焼き立てパンでも寿司でもケーキでも」

「それはなんていうか、お惣菜屋さんの領域を超えてるような……」

僕は冗談だと受け止めて苦笑いしたが、おかみさんは、取り消さなかった。

「お惣菜屋という枠組みはもうやめるの。食べたいものをなんでも作るお店にするのよ。食べ物じゃなくてもいい。お客さんが必要とするなら、家具でも家電でも、なんでも用意するわ」

なんだろう？　なにかがおかしい。人が変わったような春川くんも、お惣菜屋さんではなくなった「お惣菜のはるかわ」も、僕が知っているそれと違う。

戸惑っている僕の背後から、突然、声がした。

「いかがですみゃ？　この、『新しいかつぶし町』は」

いつの間にか、後ろにおこげさんがいた。前足を揃えて座り、僕を見上げている。

「賢い春川くん、食べたいものや欲しいものがなんでも出てくるお店。ここは皆が幸せに暮らしているかつぶし町ですみゃ」

どういうことだろう。意味が分からない。

「春川くんもお店も、なんか変です。どうして変わってしまったんですか?」

「小槙くんがそう願ったからですみゃ。『皆が楽しく平和に暮らせたら、それがいちばん嬉しい』と」

『それがしは人の願いを、望みを、理想を、叶える猫ですみゃ』——以前のおこげさんの言葉が、脳裏に蘇った。

夏空に蝉の声が広がる。商店街の先が、蜃気楼で歪んで見える。おこげさんの瞳の奥で、黒い瞳孔が細くなる。

「それがしはそれがしなりに、考えたですみゃ。皆が楽しく平和であるためには、どうしたらいいのか。それぞれがストレスに感じている出来事が、なくならなければならない。だからそれがしは、ひとりひとりの嫌なものを、取り除いてあげた。ここはそういう世界ですみゃ」

おこげさんは、時々、なにを言っているのか分からない。

「春川くんは、お勉強が嫌いだったけど、好きになったですみゃ。お惣菜屋さんは、他のお店にお客さんを取られてしまうと寂しいから、他のお店が売ってるものも全部売るのですみゃ。こうすれば皆が幸せになれるって、それがしは考えたのですみゃ」

なにが起きているのかさっぱり分からないが、どうやら春川くんたちの様子がおかしいのは、おこげさんが原因のようだ。

おこげさんが、春川くんたちを変えてしまったのだろうか？

「なにをしたんですか？　早く町を元に戻してください」

「でも、この『新しいかつぶし町』は誰しもが幸せに暮らしているですみゃ」

おこげさんは大きな目でまばたきをした。

「それがしなりに人々を観察して、それぞれの幸福を考えたですみゃ。笹倉くんは面倒なのが嫌いだから、面倒なことを楽しめる性格になるですみゃ。柴崎ちゃんは人見知りを直して、明るく朗らかになるですみゃ」

僕は夢でも見ているのだろうか。勤務中だったはずで、寝た覚えはない。もしかして、熱中症で倒れたのだろうか。ともかく、こんな不気味な夢なら早く覚めたい。自身の頬をぴしゃりと叩いてみたが、痛いだけで目は覚めなかった。

僕が理解する前に、おこげさんは続けていく。

「つまりこれで、皆が楽しく平和。小槙くんの希望どおり。それがしは、君が望むような居心地のいい場所へ、君を連れてきたのですみゃ」

「いえ……こんなの望んでませんよ。なんだか薄気味悪いです」

　正直に感想を伝えると、おこげさんは丸い目をカッと見開いた。

「みゃんですと!?　誰もが幸せなのに!?」

「幸福って、こういうものじゃないと思いますよ」

「君が望んだとおり、人々が苦しみから解放された幸福な世界なのに。どこが間違ってるのですみゃ?」

　おこげさんが捲し立ててくる。僕はなにか言おうとして、言葉を呑んだ。

　僕が漠然と「皆」という大きな主語を遣い、「楽しく平和」などとぼやけた表現をしたのが悪かったのだろうか。おこげさんは、なにか勘違いしてしまったみたいだ。

　たしかに、それぞれが憂鬱に感じるものや、自分で認識している欠点が消えれば、それは嬉しいことかもしれない。だけれど、なんというか、上手く言えないけれど、少なくともこれは違う。

　おこげさんが、大きく開いていた目をのんびり閉じた。

「難しいですみゃ。どうしたら気に入ってもらえるですみゃ?」

　もう一度、冷静に考えてみる。おこげさんは言葉を話す奇妙な猫だが、人間の性格を変えてしまうなんて、そんなおかしな力があるものだろうか。やはりこれは、僕が見ている白昼夢なのではないか。神出鬼没のおこげさんが気になるあまりに、こんな妙な夢を見たに違いない。

　僕は目を擦ったり顔を叩いたりして、目を覚まそうとした。そんな僕の動きを、おこげさんが不思議そうに眺めている。

「なにしてるですみゃ？」

「夢から覚めたいんです」

「なぜ？」

「なぜもなにも、勤務中だからですよ」

「でもここが現実であれば、君はきちんと起きて、仕事をしているですみゃ」

　おこげさんが屁理屈を言う。

「ここは異世界であり現実でもある。それを選ぶのは君であったり、君以外であったりするですみゃ」

　異世界？　ますます訳が分からない。僕は叩いた頬を押さえて、呆然とした。夢なのか現実なのか。町の人が変わってしまったのか、僕が違う場所にいるのか、なにがなんだか、考えれば考えるほど分からない。

　おこげさんが小さな牙を覗かせる。

「春川くんたちが変わったのと同じく、君自身も、『新しいかつぶし町』の『新しい小槙悠介』ですみゃ。ここの君は、君が憧れている柴崎ちゃんのようにしっかり者で、同じく憧れている笹倉くんのように器用ですみゃ」

一瞬、どきっとした。いちばん傍にいる先輩たちの背中を見て、そんなふうになりたいと思っていた、僕の願望を見透かされている。そしてこの、少しずつ狂った『新しいかつぶし町』の僕は、その願望を叶えているらしい。

「まあ焦りは無用ですみゃ。君は今、自分の知っているかつぶし町と、この『新しいかつぶし町』のギャップに驚いているだけですみゃ。慣れてしまえば、きっとこっちのかつぶし町の方が好きになるですみゃ」

おこげさんのやけに落ち着いた声を聞いて、僕は一層、背筋がぞわっとした。おこげさんが小首を傾げる。

「因みにこの『新しいかつぶし町』においては、小槇くんがしっかり者故、君がおもちさんと呼ぶ猫のダイエット計画も、完全完璧に完遂したですみゃ」

「えっ!? じゃあこの世界のおもちさんは痩せてるんですか!?」

おこげさんの言葉に、僕はつい食いついた。おこげさんが頷く。

「いかにも。丸くないおもちさんは餅っぽくないですみゃ。さながら『ぼたん焼きちくわさん』ですみゃ」

そう言い残し、おこげさんは立ち上がった。僕に焦げた背を向け、建物の隙間に入り込んでいく。僕も追いかけようとしたが、おこげさんは案外すばしっこい。あっという間に見失った。

スレンダーなおもちさん……全く想像できない。そこでふと、僕は思った。こんなふうに町を変えてしまったのがおこげさんなのなら、元に戻せるのもおこげさんだろう。そしてそのおこげさんは、おもちさんとよく似ている。ならばおもちさんも、元に戻す鍵を握っているかもしれない。

いずれにせよ、頬を叩いても目覚めないのだ。僕はひとまず、おもちさんを捜してみることにした。

まずは、すぐ傍の交番に戻る。おもちさんを捜すためと、それと仕事がどんな状態になっているか、確認するためだ。交番の駐輪場に自転車を停めて、引き戸を開ける。

正面の受付カウンターは、きれいに片付いていてペン一本置かれていない。その先の事務室にはなぜか、休日のはずの笹倉さんがいた。

「おう、お疲れさん」

「お疲れ様です。笹倉さん、今日はお休みでは？　なにか急ぎの仕事ありました？」

つい訊いてしまったが、これが現実ではないのなら、笹倉さんがここにいるのにも理由はないのかもしれない。などと考えていると、笹倉さんは書類を手に取り、ひらりとこちらに振った。

「いや、特にないけど、仕事したくてなあ。お前さんの溜めてる書類、代わりに書かせてくれねえか」

普段どおりの笹倉さんの言葉遣いで、笹倉さんならまず言わない台詞が飛び出した。僕が絶句していると、突然、背中をとんと押された。

「どーん。背後不注意」

これは春川くんの得意技だ。だが、声が違う。僕は一歩ふらついてから、後ろを振り返った。そしてそこに立っていた人を見て、目を剥く。

「柴崎さん!?」

長い黒髪を肩に垂らし、凛として佇むその人は、私服姿の柴崎さんだった。しかし、僕の知っている柴崎さんとは違う。

「はいよー、透子ちゃんでっす。おもちさんに会いたくて来ちゃった」

彼女は晴れ晴れと笑って、力の抜けた敬礼をした。衝撃のあまり、僕は固まったまま動けなくなった。

笹倉さんは面倒なのが嫌いだから、面倒なことを楽しめる性格に。柴崎さんは人見知りを直して明るく朗らかに。おこげさんが話していたとおりだ。

僕はふたりに引き攣った笑みで会釈して、交番から出た。変わってしまった先輩たちと、あまり話したくなかった。

笹倉さんが面倒な書類仕事を楽しんでいるのも、柴崎さんが人付き合いを楽しむのも、良いことだとは思う。でも、あれが本人たちの望みどおりだというのだろうか。おこげさんの言うように、僕はギャップに驚いているだけなのだろうか。

交番を出た僕は、自転車を引いておもちさんを捜しに出かけた。商店街が賑わっている。町並みはいつもどおりに見えて、どこもかしこも違った。古い建物が妙にきれいに建て替えられており、腰を悪くしたはずのおばあさんがシャキシャキ歩いている。部活帰りの学生たちは、型に嵌めたように同じ髪型をして、制服を着崩さず着こなしている。

おもちさんは見当たらない。おこげさんも、戻ってこない。僕はというと、このなにもかもが微妙にズレているかつぶし町に違和感を覚えつつも、だんだんと初めからこうだったような気もしてきて、なにを見ても驚かなくなってきていた。

パトロールのコースをひととおり見回り、僕は港に向かった。先程、現実のおもちさんは、シラスを貰いに海の近くのお店を訪ねに行った。こちらの『新しいかつぶし町』でも、同じかもしれない。

防波堤の向こうに西日と砂浜と水平線が見える。おこげさんについてきてから、随分と時間が経ってしまった。もう日が傾きはじめている。僕は立ち止まって、海を眺めた。潮の匂いと鳥の声、日差しを受け止めて煌めく波が、感覚をゆっくり埋め尽くしていく。

ここは現実と変わらないんだなあ、と眺めていると、ふいに、真横から声がした。

「散策してみて、どうですみゃ？　お気に召したですみゃ？」

いつの間にやら、防波堤に猫が座っている。白地に茶色の丸い猫は、一見おもちさんのように見えたが、おこげさんだった。

「ここが現実よりも気に入ったなら、帰らなくても良いのですみゃ。君がここにいれば、ここが現実になるですみゃ」

「夢から覚めないってことですか？」

「そうであり、そうではないですみゃ。夢は現実となり、真実になる。そうなればこれまでが嘘だっただけですみゃ」

おこげさんが目を細める。

「ここが現実になれば、これからもずーっと、皆が楽しく平和に暮らしているですみゃ。こんなに素晴らしい世界はないですみゃ」

西日で白い毛が光っている。僕はその眩しさに目を細めて、顔を背けた。

「元に戻してください」

「なに故……なに故、気に入ってもらえないのやら。それがしには、分からないですみゃ」

おこげさんは残念そうに項垂れて、それからまた顔を上げた。

「ここでの君は笹倉くんから期待され、柴崎ちゃんからも一目置かれているですみゃ。明日、君宛に通達が来て、昇進するですみゃ。もう少しだけ、ここで過ごしてみるですみゃ。

絶対絶対、気に入るですみゃ」

おこげさんが連れてきてくれたこの『新しいかつぶし町』の僕は、現実の僕より世の中の役に立っているらしい。それならその方が、世のためにも自分のためにもいいのかもしれない。

それでも僕は、頷けなかった。

「元に戻してください」

「なぜですみゃ」

「ケセランパサランが、なかった」

僕はぽつりと、そう答えた。

交番のカウンターに、瓶入りのケセランパサランがなかった。なぜかは分からない。ここでの僕は几帳面な性格だから、邪魔になるものは片付けたのかもしれない。いや、規則をきっちり守って、日生さんから受け取らなかったのか。或いはそもそも、日生さんの捜し物を捜してもいないのか。

なんにせよ、僕は、その小さな出来事がひとつ消え去るのが、どうしても嫌だった。

おこげさんが首を傾げる。

「そんなもの、なくても困らないですみゃ」

「困らないでしょうけど、大切なものです」

想いのこもったものは、なくしてしまったら、自分の一部をなくしてしまうような気持ちになる。

「ふむ。君は案外、わがままですみゃ……」

おこげさんの短い尻尾が、ぱたりと、防波堤を叩く。

「今ここにいる小槙くんは、誰からも頼りにされているですみゃ。町の人も幸福ですみゃ。こんなに素晴らしい世界なのに、ただ綿毛がないというだけで、不満ですみゃ？」

綿毛がないということは、綿毛を捜したあの日の、出会った町の人たち、会話、日生さんの嬉しそうな表情、その全てがないということだ。それがなかったら、かつぶし町の良さが失われたようなものである。

おこげさんの榛色の瞳が、僕の影を映す。

「……小槙くんが居心地よく過ごせるように、それがし、たくさん考えたですみゃ。そうすると、全ての人のご機嫌を取らなきゃならないから、たまに存在ごと消さなきゃならなくなる人もいて……」

「元に戻してください。そんなの、どうしたって僕の好きなかつぶし町じゃないんです」

「まあまあ。もう少しここで過ごせば、綿毛なんかどうでも良くなっちゃうくらい、この町を好きになるですみゃ」

おこげさんはそう言って、ぴょんと防波堤の向こうへ飛び降りた。僕は下を覗き込んでおこげさんを捜したが、どういうわけか、すでにいない。

追うのは諦めて、おもちさん捜しに戻ろう。ため息をついて道に戻った途端、僕は、目の前を横切る猫を見つけた。

よく見慣れた、焼いた餅のような猫だ。その焼き目の模様は、こんがりと程よい焼け具合である。

「焦げてない」

僕は思わずそう口走って、自転車のハンドルを手放した。自転車の倒れる音を背に、ぽてぽて歩いていく猫を追いかける。

「おもちさん！」

名前を呼ばれると、歩いていた猫は、立ち止まってこちらを振り向いた。

「ここにいたですにゃ、小槙くん」

僕はしゃがんで、おもちさんを腰から抱き上げた。ずっしりと重くて温かくて、毛皮の中に指が埋もれる、よく知っている感触だ。

「おもちさん、やっと見つけた。……あれ？」

抱き上げてみて、ふと気づく。おこげさんが言うには、『新しいかつぶし町』のおもちさんはすらりとした細身の猫だという。しかし今、目の前にいるこの猫は、まるまるとよく肥えている。

「どこがぼたん焼きちくわさんなんだ。立派におもちさんじゃないか……」

「吾輩はちくわじゃないですにゃ。ずっと昔から、おもちさんですにゃ」

　おもちさんは短い前足をこちらに伸ばした。そして僕の頬に、むにゅっと肉球を押し付ける。

「小槙くんがパトロールから全然帰ってこないから、迎えにきてあげたのですにゃ」

　波の音がする。おもちさんの黄金色の瞳が、西日を反射して、燃えるように輝いている。きらきら光って、なんてきれいなのだろう。

「……もしかしておもちさんは、この町のおもちさんじゃなくて、僕と同じ町から来たおもちさんですか？」

「なにを訳の分からないことを言ってるですにゃ。全く、おまわりさんなのに自分の町で迷子になるだなんて」

　頬から肉球の感触が離れた。まだ少し、温もりが残っている。

　おもちさんは僕の手の中から滑り抜け、アスファルトに着地した。短い尻尾をひと振りして、歩き出す。

「さあ、帰るですにゃ。吾輩、お腹がすいたですにゃ」

「はい」

　僕は自転車を起こし、迷わず、おもちさんの背中を追いかけた。丸い体がぽよぽよと先を進む。見慣れた焼き目模様を見下ろして、僕はその一歩後ろを歩く。

「お腹がすいたから、僕を連れ戻しにきたんですか？」

「然り」

「シラス貰ったでしょ？」

「たくさんは貰えなかったですにゃ。帰ったらおやつ、いっぱい欲しいですにゃ」

ほんのりと紫がかってきた空に、白いシミのような月が浮かんでいる。

「僕もお腹すきました。昼も食べてない」

「早く帰るですにゃ。お腹すいてると、難しいこと考えられなくなるですにゃ。簡単なことも分かんなくなるですにゃ。だから迷子になるですにゃ」

「ごもっともです。精進します」

叱られたのに、僕の胸は晴れ晴れとしていた。おもちさんが僕を先導しながら、訊ねてくる。

「この町、居心地よかったですにゃ？」

「全然。ヘンテコなだけです」

「ふむ……」

おもちさんが耳をぴくりとさせる。

「君はぼんやりしてるのか、芯がしっかりしてるのか、よく分からないですにゃ」

波の音を聞きながら、潮の匂いに包まれながら。僕たちの声は、淡い青と桜色の空に吸い込まれていくようだった。

すっかり日が暮れる頃、僕はおもちさんとともに交番に戻ってきた。くすんだ白い建物に、「かつぶし交番」の看板。その斜め上には、ツバメの巣の跡がある。暗くなった空には、それまで小さく見えた月が、くっきりと大きな満月になって張り付いている。

背後からタタタと軽やかな足音が聞こえてきた。僕が振り向くより素早く、背中を叩かれる。

「どーん！　小槙さん発見！」

両手を突き出しているのは、春川くんだ。いたずらな笑顔を浮かべる彼を前に、僕は数秒、固まった。先程見た、秀才の少年が脳裏を過ぎる。春川くんは目をぱちくりさせた。

「どした？　強く叩きすぎた？」

「ううん、痛くはないけど……君、春川くんだよね」

「そうだよ？」

「予備校のテスト、どうだった？」

恐る恐る訊いてみる。春川くんは、ますます不思議そうにまばたきした。

「予備校……？　行ってないよ。なに？　本当にどうしたの？」

足元ではおもちさんが僕を見上げている。僕は春川くんの困惑顔を見て、帰ってきたのだと実感した。

「なんでもない。それより、痛くはないけどびっくりするから、僕以外にはやっちゃだめだよ」

「言われなくてもやんねーよ。それよか、今日はうちの店もシラスを仕入れたから、シラスと天かすと大葉の混ぜおにぎりがあるんだよ。めーっちゃ美味いぞ！　夜食にどう？」

春川くんが無邪気に勧めてくる。空腹の僕には、一層魅力的に聞こえた。

「いいね、あとで買いに行くよ」

「毎度ありー！」

春川くんが走り去っていく。彼の元気な後ろ姿を、僕はおもちさんと一緒に見ていた。

「よかった。春川くんが元に戻った」

「んにゃ。元に戻ったのは、小槙くんの方ですにゃ」

おもちさんが呟き、僕の足にぴたりと寄り添った。

「お腹すいたですにゃ」

「そうですね」

僕はおもちさんに同意して、交番の引き戸を開けた。狭い中に敷き詰めたようなデスクとキャビネット、積まれたレターケースと書類。見慣れた仕事場の景色が広がっている。

カウンターには、ケセランパサランが入った瓶がある。

あの数時間の出来事は、なんだったのだろう。よく分からないけど、ともかく、僕はどうやら元どおりの日常に帰ってきたみたいだ。だったらもう、気にしなくていいかな、と思う。

「小槙くん。おやつ、おやつですにゃ」

おもちさんも特に触れてこないし、僕もこの件は、胸の中にしまっておくことにした。

あれから数日後。かつぶし町は今日も、カンカン照りの真夏日である。

当直の昼、僕はケセランパサランの瓶の口から、おしろいを投入していた。

「暑いですねえ、おもちさん」

「にゃあ。こんなに暑いと溶けてしまうですにゃ」

おもちさんは、冷たいキャビネットの上でうたた寝している。

ケセランパサランは、最初に比べて明らかに大きくなった。日生さんも言っていたが、こうして世話をしていると、愛着が湧いてくる。ケセランパサランの方も応えてくれるみたいに成長するから、尚更だ。この実体不明の植物らしきものの世話をしつつ、僕はふと、気がついた。瓶の横に置いたクッキーがなくなっている。どうやら今日も、知らないうちにちびっ子狐が来たみたいだ。

窓の外は絵の具のような青さの空が広がり、若葉が照りつける日差しできらりと光っている。朝から晩まで蝉の大合唱が響いて、今日も賑やかだ。

毛と贅肉を着たおもちさんは、見ているだけでも暑さが増すし、おもちさん自身も暑くてたまらないようだ。ぐってりと寝そべる姿は、さながら煮られて溶けた餅である。

「でも、吾輩は猫だから、涼しい場所を見つけるのは得意ですにゃ」

「そっか。いいですね」

おもちさんのなにげない言葉が、ふいに、僕の記憶を蘇らせた。

あれから、かつぶし町は完全に元に戻った。お惣菜屋さんはお惣菜を売っているし、町の建物は年季が入ったものばかり、腰を痛めたおばあさんは腰を曲げてゆっくり歩く。夏休み中の部活から帰ってくる学生たちは、制服のシャツのボタンを一、二個開けている。笹倉さんは事務仕事が嫌いだし、柴崎さんは無口で無表情だ。

誰もが暑さに文句を言い、不便さに不服を漏らす。嫌なことだって、苦手なことだってある。だけれど、それも含めてこの町であり、その人である。この町らしく、その人らしくあるための、大切なパーツのひとつなのだ。むしろ、乗り越えようとする姿にこそ魅力が光るのではないか……なんて、最近、ちょっとだけそんなふうに感じている。そうだとしたら、きっと僕も、僕のままでいいのだ。

ひとつ変わったことといえば、あれからめっきり、おこげさんを見なくなった。それまでは結構な頻度で見かけていたのに、あれ以来一度も見ていない。

僕は瓶の口からケセランパサランを覗いて、呟いた。

「おこげさん、どこ行っちゃったんだろう」

ついぽろっと名前を出すと、おもちさんが不愉快そうに尻尾をぱたぱたさせた。

「まだ言ってるですにゃ。吾輩がいれば充分ですにゃ」

「そうでしたね」

あの奇妙な出来事は、忘れられそうにない。だけれど人に話せるわけでもないし、話す必要もないから、もう口に出すつもりもなかった。

「おこげさん、ちょっと不気味だったけど、あれはあれでかわいかったです」

おこげさんの微妙に話が噛み合わない感じは、目の当たりにするとぞくっとさせられる。けれど、あとから振り返ってみれば、面白かった気もする。それと単純に、あのルックスが好きだ。柴崎さんや北里さんほどではないけれど、僕も多分、猫が好きなのだろう。

「また会うのは少し怖いけれど……でも、おこげさんはおこげさんで、どこかで幸せに暮らしてるといいなあ」

僕はケセランパサランを置いて、デスクに戻った。キャビネットの上のおもちさんが、呆れ顔で僕を見ている。

「小槙くんはお人好しが過ぎるですにゃ。吾輩が守ってやらねば……」

「なにか言いましたか？」

「別に。吾輩、おこげさんなんか、興味ないですにゃ」

おもちさんが大欠伸をする。

「そんなことより、冷たいおやつ食べたいですにゃあ」

「またおやつの話してる」

夏の日差しが煌めいている。古き良き下町商店街、そこで暮らす人々の笑い声。移ろう季節と共に、風景の色が変わる。どこか昔懐かしいこの町は、港で獲れた新鮮な魚が名物で、それから揚げ物がおいしいお惣菜屋さんがあって。

僕は、この町が好きだ。

真夏日と招き猫

土曜日の朝から元気に遊んでいる子供たちが、僕の前を通り過ぎていく。

「おまわりさん、おはようございまーす！」

「はーい、おはよう」

それなりに馴染んできた青い制服に身を包み、交番の前で彼らを見送る。今日もこの町、かつぶし町の一日が始まる。

足元では、まるまると太った猫が、前足を揃えて座っている。僕はその猫に、なんとはなしに声をかけた。

「いい天気ですね、おもちさん」

「暑いですにゃ」

おもちさんは建物の日陰に籠って、猫なのに険しい顔をしていた。

交番の傍の掲示板に、夏祭りのポスターが貼られている。毎年、八月の終わり頃に行われる、商店街主催の小さなお祭りだ。かつぶし神社をメインに屋台が出て、人がそれなりに集まる。

僕は警備に当たる側だから遊びに行くわけではないが、お祭りの気配が近づいてきて浮き立つ町の雰囲気は、結構好きだ。商店街にはすでに赤い提灯の飾りが並んでいる。夕方になるとそれがぼんやりと光って、かつぶし町の景色をよりノスタルジックに、幻想的に彩る。

僕は暑さで不機嫌なおもちさんに、問いかけた。

「おもちさん、撫でると願いが叶うって噂がありますよね。あれって、本当なんですか？」

「知らにゃい……」

おもちさんは尻尾の先でパタパタとアスファルトを叩いている。だめだ、今訊いてもおもちさんが不機嫌すぎて、相手にしてもらえない。

僕が今、おもちさんを撫でて、「涼しくなれ」と願ったら、涼しくなるのだろうか。いや、ないだろう。おもちさんにそんなことができたら、暑がりのおもちさんが自分で真っ先にそうしている。

「まあまあおもちさん、もうすぐ夏祭りですよ」

気休めのつもりで話を振る。夏祭りの日には、少しだけれど、打ち上げ花火が上がる。昨年は僕は別の仕事で町にいなかったが、今年は交番から見られるかもしれない。

「お祭り……」

おもちさんがのそりと、険しい顔を擡げた。

「華やかで賑やかですにゃ。おいしいものもある。人間以外の『彼ら』も、きっとたくさん遊びに来るですにゃ」

「ああー……」

なんだかまた、不可思議な事件が起こる予感がする。なにが起きるかは、全く予想すらできないが。

「まあ、羽目を外さずに楽しんでくれる分には、誰でもいいか」

僕があっさり言うと、おもちさんは日陰の中でぺたんと寝そべった。

「そうですにゃ。楽しいのが大好きなのは、『彼ら』もおんなじなのですにゃ」

夏空の鮮やかな青が眩しい。潮の匂いの風が、おもちさんの毛を僅かに揺らした。

今日もこの町、かつぶし町の一日が始まる。

End

番外編・お餅とお焦げ

とある日の、深夜。その日はコンパスで描いたような満月が、かつぶし町の夜空を支配していた。

古びた建物を構えた、かつぶし交番。その屋根の上に、猫が一匹、月を見上げている。黄色くて丸い月は、どことなくおいしそうで、猫の榛色の瞳を釘付けにする。

ふいに、後ろから声がした。

「ここは吾輩の縄張りですにゃ」

振り向くと、屋根の上をのそのそ歩いてくる、太った猫がいた。自分そっくりの体型、顔、毛色だ。その瞳は、今夜の満月のような黄金色をしている。

黄金の目の猫は、月を見ていた猫の横に腰を下ろした。

「住むのは勝手だけど、荒らすのはだめですにゃ」

「荒らしているとは心外ですみゃ。それがしは、いい感じの人間を選んで、その希望が叶った素晴らしい場所へと、案内してあげてるだけですみゃ」

榛色の瞳が言い返す。

真夏の湿った風が、二匹の毛の先を擽る。交番の植木がさわさわと唸り、草の隙間で夏の虫が鳴く。

黄金の瞳の猫は、耳を寝かせた。

「その素晴らしい場所とやら、連れて行かれた本人は気に入ってなかったですにゃ。素晴らしいどころか、ヘンテコって言ってたですにゃ」

「そう、そうなのですみゃ。それがしはどうやら、どこかで間違えてしまったようですみゃ」

注意された猫は、後悔とも反省ともつかない声色で語った。

「あの人に以前、願いと望みと理想を訊いたですみゃ。そして、それがしなりに出した答えとして、あのような『新しいかつぶし町』を作った。でも難しくて、誰かの幸福のためには誰かが嫌な思いをしてしまう。たくさん考えているうちに迷走して、あんな妙ちきりんなかつぶし町になってしまったですみゃ」

榛色の瞳が、寂しげに月を見上げる。

「それがしはただ、あの人に『こっち側』に来てほしかっただけなのに……」

黄金の目の猫は、返事をしなかった。ただ目を細めて、空に浮かんだ満月を見ていた。

榛色の目の猫が言う。

「人は皆、胸の内に願い、望み、理想を携えているですみゃ。それを叶えてあげたら、幸せな気持ちになる。そしたら、元の場所になんか帰りたくなくなるはずですみゃ」

「ふむ。吾輩も、おやつを無限に貰える世界があったら、そこに住みたくなるやもしれないですにゃ」

共感してから、猫は尻尾でぱたりと屋根を叩いた。

「しかしながら、おやつを無限に貰えないのには理由があるのも、知ってるですにゃ。なんでも思いどおりになればいいというものではないですにゃ」

願い、望み、理想。それはその人が、その人格を形成してきた、歩んできた道の中で得てきたものだ。叶えるために努力する大切な目標であり、それを勝手に奪ってしまえば、人物そのものが変わってしまいかねない。

というのは、榛色の瞳の猫には、まだ難しかった。

「みゃ？　そうですみゃ？」

今ひとつ理解していない顔で、きょとんと首を傾げている。そしてやはり理解していない顔で、ズレた反省をした。

「あの人を選んだのは失敗だったですみゃ。彼の理想は捉えにくいですみゃ。前に選んだ人は、昇任試験に受かりたいとか、結婚して独身寮を出たいとか、叶えやすかったですみゃ」

かつて、同じ交番にいた別の警察官が、五日間ほど行方を眩ませていた。そんなこともあった、と、黄金の目の猫は思う。榛色の目の猫が、耳と尻尾をハッと立てた。

「そういえばあのときも、お前が邪魔したですみゃ。それがしが連れてきた人、あの世界を気に入ってもう少しであっちの住民になるところだったのに、お前が連れ戻してしまったですみゃ！」

「そうだったですにゃ？」

捲し立てられたが、黄金の目の猫はきょとんとしていた。マイペースに自由気ままに生きているこの猫は、細かいことは覚えていない。

榛色の目の猫も、記憶力がいい方ではなかった。

「みゃ？　覚えてないですみゃ？　ならば猫違いですみゃ？」

「覚えてないですにゃ」

「それがしも、あやふやですみゃ」

「よく分からないけども、ともかく人間を取り込んで遊ぶいたずらは、やめた方がいいですにゃ。バレたら怒られるですにゃ」

黄金の瞳の向く先が、月から隣の猫に移る。目が合った榛色が、くりんと首を傾げた。

「なんでですみゃ？　人間なんていっぱいいるし、すぐ入れ替わるですみゃ。ひとりひとりは儚いのだから、その内のひとりくらい、ちょっかい出したって変わらないですみゃ」

榛色の瞳がぱちぱちとまばたきをする。この猫は純粋に、悪気はなかった。たとえこの世から人間がひとり減ろうとも、世界が停止することはない。ほんの小さないたずらのつもりでしかないのだ。

悪びれる様子がなく、危険な行動を取った自覚もないその猫に、黄金の目の猫は項垂れた。

「儚いからこそ、ちょっとのいたずらで一生が変わってしまうのですにゃ」

人間に関わりすぎてはいけない。自分も、むやみに暴かれたくない。深く踏み込まないからちょうどいい。猫は、そんなこの町が好きだった。

「いずれにせよ吾輩そっくりな見た目で悪さをされると困るですにゃ。お前みたいな、見た目だけ吾輩と似ていて他は全部違う化け物と一緒にされちゃたまらにゃい」

折角この町に馴染んで、上手く共存しているというのに、横槍を入れられては堪ったものではない。

「吾輩が化け物と思われて忌みものにされてしまったら、おやつ貰えなくなるですにゃ」

「でもお前だって、化け物ですみゃ」

「されど、ぷりちーな猫ですにゃ」

「それは、それがしとて同じ」

同じ顔をしたそっくりな猫同士、互いの顔を見合わせる。数秒、無言のまま、黄金色と榛色がぶつかり合う。やがて榛色の目の方が、先に視線を逸らした。

　黄金色の瞳も、ふいっと月に目線を上げる。

「ともかく、吾輩はこの町の居心地の良さが好きなのですにゃ。先程も申したとおり、荒らされると困る」

　おっとりとした声が、夜空の深い青色に溶けていく。二匹を見下ろすのは、まん丸の大きな月。

「殊(こと)に小槇くんは、吾輩のお気に入りなのですにゃ。吾輩を『招き猫』と定義づけた人だから」

　二匹の目が月に奪われる。夏の夜風が心地よい。

「それにしても」

「今宵(こよい)の月は」

「おいしそうですにゃ」

「おいしそうですみゃ」

　同時にそう言ってから、二匹はまた、顔を見合わせた。

「初めて意見が合ったですにゃ」

「ですみゃあ」

　交番の引き戸がカタッと音を立てた。今夜も、当直のおまわりさんが夜のパトロールに出掛ける。

煌々と輝く満月は、眠るかつぶし町を静かに見守っていた。

あとがき

このたびは『おまわりさんと招き猫　おもちとおこげと丸い月』をお読みいただき、ありがとうございました。

既刊『おまわりさんと招き猫　あやかしの町のふしぎな日常』にたくさんの応援をいただき、続編として、この作品を描くことができました。前作からおもちさんを待っていてくれた方々も、こちらの巻で初めましての方も、お楽しみいただけましたでしょうか。

既刊と変わらないテーマの中、少しだけ成長した小槙をはじめ、かつぶし町は変わらないところは変わらずに、変わるところは緩やかに変わっていきます。彼らの新しい一面も、相変わらずなところも、楽しんでいただけていたら嬉しいです。

また、今回は、胸の内側に抱えている小さな傷を描いたお話をいくつか盛り込ませていただきました。間に合わなかった言葉とか、なくしてしまった大切なものとか、そういった傷です。似た想いを抱えている方に、この物語が癒しとして届いたらと思います。

そして「続編が出たらおもちさんの謎が解ける？」と期待してくださっていた既刊から

の読者様、申し訳ございません。おもちゃさんの謎は解けるどころか深まる一方です。なぜなら、この町の人々は、謎を解こうとしないから……。

この物語の制作に携わってくださった関係者様、素敵なかつぶし町を描いてくださるショウイチ様、本を読者様の手へ届けてくださる書店員様や図書館の関係者様、またしても取材に協力してくださったおまわりさん、そしてこの物語を愛してくださる全ての読者様へ。心からの感謝を申し上げます。

植原　翠

ことのは文庫

おまわりさんと招き猫
おもちとおこげと丸い月

2022年12月26日　初版発行

著者　植原 翠
発行人　子安喜美子
編集　尾中麻由果
印刷所　株式会社広済堂ネクスト
発行　株式会社マイクロマガジン社
URL：https://micromagazine.co.jp/
〒104-0041
東京都中央区新富1-3-7 ヨドコウビル
TEL.03-3206-1641 FAX.03-3551-1208（販売部）
TEL.03-3551-9563 FAX.03-3551-9565（編集部）

本書は、小説投稿サイト「エブリスタ」（https://estar.jp/）に掲載されていた作品をシリーズ化し、新たに書き下ろしたものです。
定価はカバーに印刷されています。

ISBN978-4-86716-373-3　C0193
乱丁、落丁本はお取り替えいたします。